Hermann Lühr

Homo herba

Das Buch:

In 150 Jahren strandet der 25-jährige Lukas völlig erschöpft an der kleinsten Kanarischen Insel.
Dort wird er von grünhaarigen jungen Frauen versorgt. Als er fragt, warum sie hier so komische grüne Perücken tragen, wird ihm gesagt, dass es Gras sei, so wachse ihr Haar.
Lukas ist fassungslos und erfährt Unglaubliches über diese Inselbewohner, denen eine ganz neue Verbindung mit der Natur angezüchtet wurde.
Doch es ist nicht das friedliche Paradies, für das Lukas es hält.

Der Autor:

Hermann Lühr, Jahrgang 1953, verheiratet, hat zwei Töchter und zwei Enkelsöhne.
Wohnt in Schöningen, Niedersachsen.
Er schreibt Romane, die von Ungewöhnlichem handeln, in einer spannenden Mischung aus Realität und Fiktion.
Informationen über seine Veröffentlichungen finden Sie am Ende des Buches.

Hermann Lühr

HOMO HERBA

Roman

FSC
www.fsc.org
MIX
Papier aus ver-
antwortungsvollen
Quellen
Paper from
responsible sources
FSC® C105338

1

Die meisten Lenker der zweisitzigen Wasserscooter waren jüngere Männer in Lukas' Alter, obwohl der weibliche Anteil schon bei einem Drittel lag. Nur Lukas und ein glatzköpfiger Athlet fuhren alleine, bei den anderen klammerte sich eine gleichaltrige Frau oder ein größeres Kind an den Steuernden.

Für Iris, die Freundin von Lukas, war das eine fürchterliche Vorstellung gewesen. Deshalb wollte sie in der Hotelanlage bleiben, um sich weiterhin am Pool zu sonnen und dabei die alkoholfreien Cocktails zu genießen. Genau das fand Lukas inzwischen zu langweilig, er brauchte unbedingt mal etwas Neues mit Action. Da war so ein schnittiges Wassermotorrad genau das Richtige, auf Spanisch hießen die 'moto de agua'.

Nach einer knappen Einweisung und Überprüfung der angelegten Schwimmwesten durch den bärtigen Verleiher tuckerten die zehn Fahrzeuge brav in einer Reihe aus dem Hafen. Doch sobald sie sich im freien Wasser befanden, gaben alle Gas und jagten johlend auseinander. Die Mehrheit fuhr nach rechts, wollte das Meer zwischen Teneriffa und La Gomera nach Walen und Delfinen absuchen oder einfach nur Spaß haben. Lukas und zwei Wasserscooter mit jeweils zwei Frauen fegten in südlicher Richtung übers Wasser, erfreuten sich am kühlenden Fahrtwind, der aufschäumenden Gischt und der berauschenden Geschwindigkeit. So musste wahre Freiheit sein.

Lukas hatte das Wassermotorrad für den ganzen Tag gemietet und wollte mindestens La Gomera umrunden, eventuell sogar noch etwas weiter fahren, falls der Akku es erlaubte. Er hatte drei große Flaschen Wasser, zwei belegte Baguettes und Sonnenschutz dabei, sein Handy steckte in der Brusttasche seines kurzärmeligen Hemdes, damit er es trotz Rettungsweste griffbereit hatte, um sofort auftauchende Wale oder Delfine zu fotografieren.

Natürlich fuhren die Wasserscooter auch nicht mehr mit Verbrennungsmotoren, sondern mit sehr leistungsstarken Elektromotoren. Mittlerweile konnten sich die heutigen Menschen gar nicht mehr vorstellen, dass man noch bis über die Hälfte des 21. Jahrhunderts das wertvolle Erdöl hauptsächlich zur Fortbewegung und Heizung verschwendet hatte. Als nostalgisches Überbleibsel der damaligen lauten und stinkenden Jet-Ski hatte man die etwa drei Meter hohe Wasserfontäne beibehalten, die sich bei Fahrt am Heck schräg aufrichtete und für eine bessere Sichtbarkeit der schnellen Flitzer sorgte.

Die Frauen drehten nun rasant ab, die auf den Soziussitzen winkten ihm zu. Lukas erwiderte ihren Gruß. Die wollten anscheinend zur Südspitze von Teneriffa. Er hielt weiter Kurs auf La Gomera und fühlte sich fabelhaft.

Schade, dass sich Iris so ein tolles Erlebnis

entgehen ließ. Aber sie war leider vom Typ her eher bequem und furchtsam. Alles, was nur geringfügig in Richtung Sport oder gar Abenteuer tendierte, lehnte sie ab. Manchmal sah er sie in Gedanken als artige Ehefrau und treusorgende Mutter zweier niedlicher Kinder. Aber sich selber sah er nicht auf diesem visionären Familienfoto. Jedenfalls noch nicht. Dafür fühlte sich Lukas einfach noch zu jung, zu ungestüm und zu neugierig. Er wollte möglichst alles auf der Welt sehen und ausprobieren.

In einiger Entfernung sah er jetzt deutlich San Sebastian, den Hafen von La Gomera. Im letzten Jahrhundert verkehrten hier regelmäßig mehrere Fähren am Tag mit Los Cristianos auf Teneriffa und beförderten viele Touristen zwischen den beiden Inseln. Doch dann kamen die großen Wirtschaftskrisen nach den Pandemien und Klimaauswirkungen mit Millionen Flüchtlingen, die ihre verdorrte oder überschwemmte Heimat verlassen mussten. Mit La Gomera ging es steil bergab, wie mit unzähligen Urlaubsgebieten. Heute gab es nur noch auf Gran Canaria und Teneriffa nennenswerten Tourismus. La Gomera galt nur noch als Geheimtipp für einsame Wanderer, Zivilisationsflüchtlinge und Öko-Träumer.

Lukas hatte den südlichsten Punkt der Insel passiert, lenkte aber noch weiter geradeaus, weil er in einem großen Bogen um sie fahren wollte. Er angelte sich mit links eine Wasserflasche aus dem Fußraum, klemmte sie mit seinen Oberschenkeln fest, öffnete sie und trank ausgiebig. Die rechte Hand musste nämlich am Gaszug bleiben, da sonst der Motor aus Sicherheitsgründen sofort stoppte.

Er stellte die Flasche wieder ab und schaute sich um. Überall glitzerte das unendliche Meer, er konnte kein einziges Boot erkennen. Nur wenn er den Kopf nach rechts drehte, sah er noch die Insel. Das gab ihm das beruhigende Gefühl, doch nicht ganz allein auf hoher See zu sein. Lukas überprüfte den Ladezustand der Batterie und die Uhrzeit. Er würde bald nach rechts steuern und dann in Sichtweite von La Gomera bleiben.

Doch dazu kam es nicht. Nach ungefähr 100 Metern tauchte plötzlich rechts neben ihm eine gewaltige graue Masse auf, wie ein hingezauberter Felsen. Instinktiv riss Lukas den Lenker bis zum Anschlag nach links. Dadurch senkte sich der Bug ins Wasser, das Heck hob sich heraus, der Wasserscooter überschlug sich. Während Lukas durch die Luft flog, hörte er deutlich das zischende Ausatmen eines Wales. Kopfüber verschwand Lukas in den Wellen, es war überraschend kalt, er schwamm hektisch zurück an die Oberfläche.

„Scheiße!", schrie er und versuchte sich zu orientieren. Das Fahrzeug dümpelter in einiger Entfernung kieloben, wobei sich das Heck tiefer abgesenkt hatte.

Lukas strampelte auf der Stelle und konnte

sich so ein bisschen aus dem Wasser heben. Er hielt Ausschau nach dem Wal und geriet etwas in Panik. Aber er konnte keinen sehen oder hören.

Das war garantiert ein ungefährlicher Bartenwal, dachte er und entspannte sich dadurch. War er nicht ganz heiß auf eine Walsichtung gewesen?

Lukas kraulte zum gekenterten Wassermotorrad und hielt sich am Rumpf fest. Er verfluchte sein dämliches Übersteuern. Er musste sich beruhigen und einen kühlen Kopf bewahren. Er war schiffbrüchig, aber immerhin nicht verletzt. Er befand sich in der Nähe von La Gomera. Aber er hatte keine Vorräte mehr. Und ...

Er griff sich schnell an die linke Brust. Natürlich. Und er hatte kein Handy mehr. Als nächstes fasste er an die rechte Gesäßtasche seiner Shorts. Das Portmonee war auch weg. Er hatte nichts mehr. Verdammter Mist!

Lukas zog sich etwas höher auf den schaukelnden Rumpf und sah sich um. Die Insel lag doch ganz schön weit weg. Das waren bestimmt drei Kilometer. Konnte er bis dahin schwimmen?

Aber sonst konnte er kein anderes Land ausmachen. Oder war da ganz hinten etwas? Er stemmte seinen Oberkörper hoch und reckte den Kopf. Er meinte, fast am Horizont eine verschwommene Erhebung zu erkennen. In der entgegengesetzten Richtung von La Gomera, aber viel weiter entfernt.

Das kann diese kleinste der Kanarischen Inseln sein, fiel ihm ein. Nur der Name nicht.

Oder war das nur eine optische Täuschung?

Beim längeren Hinschauen wurde ihm bewusst, dass er mit dem Wasserscooter ganz allmählich dorthin trieb. Es musste hier eine starke Strömung geben. Und ein schwaches Blubbern fiel ihm auf. Aber das war wohl ganz normal, dass einfließendes Wasser die Luft verdrängte.

Lukas überlegte, ob er diesen sicheren Halt hier aufgeben und nach Gomera schwimmen sollte. Würde er die Strecke schaffen? Und dann noch gegen diese Strömung? Wie lange würde das dauern? Er hielt sich zwar für sportlich und für einen guten Schwimmer, aber drei Kilometer gegen die Kraft des Meeres?

Sicherer wäre es auf jeden Fall auf diesem Rumpf. Hier konnten ihn auch die Rettungshubschrauber leicht entdecken, die aber womöglich erst morgen nach ihm suchen würden. Aber er hatte kein Trinkwasser. Das war bestimmt sein größtes Problem. Sofort verspürte er ein starkes Durstgefühl. Salzwasser durfte man jedenfalls niemals trinken, das war tödlich, wie er aus diversen Filmen wusste.

Allerdings entfernte er sich so kontinuierlich von La Gomera. Mit jeder Minute vergrößerte sich der Abstand, und das Hinschwimmen würde noch riskanter. Er musste sich jetzt sofort entscheiden.

Lukas stemmte sich erneut hoch und sah sich um. Bis vor kurzem hätte er den Anblick der Wellen im Sonnenlicht als schön empfunden, nun erschien er ihm nur trostlos und lebensfeindlich.

Aber hier war er eindeutig am besten aufgehoben und für eventuelle Retter viel sichtbarer. Er würde sich weiter in Richtung dieser unbekannten Insel treiben lassen, die ihm bei jeder Ansicht etwas deutlicher und näher vorkam.

Oder war das nur Einbildung und Wunschdenken?

Als Tatsache stellte er aber fest, dass sich das Heck erheblich mehr ins Wasser gesenkt hatte und die blubbernden Luftblasen nur noch selten vorkamen. Was immer das auch bedeuten mochte.

Lukas fühlte sich schlagartig erschöpft und hilflos, ihm war heiß, er hatte furchtbaren Durst und seine Augen brannten. Er hätte sich niemals vorstellen können, in so eine katastrophale Lage zu geraten.

Er döste vor sich hin, das leise Plätschern der Wellen schläferte ihn ein wie ein Wiegenlied, langsam senkten sich seine müden Lider. Alles wurde dunkel. Endlich war Nacht und die sengende Sonne weg.

Nach fast einer halben Stunde rutschte Lukas plötzlich ins kalte Wasser und schreckte geschockt auf. Er strampelte verängstigt, japste nach Luft und orientierte sich aufgeregt. Der schon bis zur Hälfte unter Wasser liegende Rumpf war ungefähr fünf Meter entfernt. Er zwang sich, ruhig hin zu schwimmen. Arme, Beine und Nacken schmerzten brennend. Voller Erleichterung berührte er den umgedrehten Wasserscooter, nahm all seine Kräfte zusammen und zog sich auf den Rumpf. Dann musste er sich erst mal ausruhen. Aber er durfte unter keinen Umständen wieder einschlafen.

Lukas drehte den Kopf nach hinten und betrachtete die Rückseite seiner Beine. Er war nicht überrascht, dass sich dort ein starker Sonnenbrand zeigte. Den hatte er bestimmt auch im Nacken und an den Armen, und ohne Rettungsweste wäre sein Rücken auch bereits verbrannt. Aber er konnte sich doch nur in Bauchlage auf dem Rumpf festhalten. Er musste also diese piesackenden Stiche wie von tausend heißen Stecknadeln ertragen.

Ob er diese Insel noch bei Tageslicht erreichen würde? Und was, wenn nicht? Wie würde es nachts sein? Sofort dachte er an Haie, die seine Füße schnappen und ihn ins freie Wasser ziehen würden.

Wenn es ihm besser gegangen wäre, hätte er jetzt aufgelacht. Was man durch die vielen Filme nicht alles im Kopf hatte. Doch jetzt war es spürbare und quälende Realität. Noch nie in seinem Leben hatte er so eine Bedrohung am eigenen Leib erfahren.

Iris würde erst abends merken, dass etwas nicht in Ordnung war. Nachdem sie sich ausgiebig geduscht, eingecremt und angezogen hatte, würde sie auf dem Balkon in ihrem E-Book lesen und auf ihn warten. Sie würde immer öfter auf die Uhr sehen und schließlich verärgert alleine zum Abendessen gehen. Aber wann würde sie ihn als vermisst melden? Wahrscheinlich erst am nächsten Morgen. Wie viel Initiative würde sie ergreifen?

Lukas bemühte sich, nicht ans Trinken zu denken. Er begann nun, mit den Füßen zu paddeln, um etwas schneller vorwärts zu kommen. Er musste unbedingt versuchen, vor der Dunkelheit Land zu erreichen. Außerdem war die Bewegung gut für seine Beine und alles. So pennte er wenigstens nicht noch mal ein.

Doch irgendwann wachte er ruckartig auf, weil sein Gesicht nass wurde. Er hob den Kopf, seine Lippen brannten vom Salzwasser. Er war tatsächlich wieder eingeschlafen. Wie lange wohl? Die Sonne stand nun deutlich tiefer. Der Rumpf war inzwischen vollkommen vom Wasser bedeckt. Lukas stemmte sich hoch, um nach der Insel Ausschau zu halten, dabei drückte er durch sein Gewicht den Scooter noch tiefer runter, was er sehr bedenklich fand. Das Ding versank also allmählich.

Die Insel kam ihm nun näher vor als La Gomera, zumindest der hohe Berg darauf. Wie spät mochte es jetzt sein? Wenn er eine Uhr hätte, könnte er ausrechnen, wann er die Insel ungefähr erreichen würde, wenn er die Hälfte der Strecke geschafft hatte.

Doch seine Smartwatch legte er hier erst zum Abendessen an, um die hässlichen weißen Streifen am gebräunten Handgelenk zu vermeiden. Um die Zeit zu erfahren, hatte er ja ständig sein Handy dabei gehabt. Wie eitel und kindisch das war.

Das Wassermotorrad hatte am Armaturenbrett auch eine Uhr, direkt neben der Ladeanzeige der Batterie. Sollte er drunter tauchen und nachsehen? Lieber nicht. Diese gesamte elektronische Anlage hatte dieses Wasserbad garantiert nicht heil überstanden.

Es war unangenehm, so im Wasser auf dem Rumpf zu liegen, aber er hatte wenigstens Halt und konnte seine Kräfte schonen. Denn es würde nicht mehr lange dauern, bis das Wasser seinen Hals erreichte und er den sinkenden Scooter verlassen musste. Bis dahin wollte er noch so viel Strecke schaffen wie möglich. Er machte jetzt die Beinbewegungen wie beim Brustschwimmen und hatte gleich das Gefühl, gut voranzukommen.

Die Sonne befand sich nun links vor ihm und hatte zum Glück nicht mehr so viel Kraft. Genau geradeaus lag die Insel, die nur aus einem hohen Berg mit breitem Sockel zu bestehen schien. Das war sein Ziel, das er unbedingt erreichen musste. Egal, wann.

Sein Mund war so ausgetrocknet, dass er keinen Tropfen Speichel mehr bilden konnte, um seine aufgeplatzten Lippen zu befeuchten. Wenn er trotzdem schlucken musste, tat es so weh, als wäre sein Rachen voller Glassplitter.

Nach gefühlten Stunden musste er den überschwemmten Rumpf aufgeben und nun ohne Unterstützung schwimmen. Allerdings kam er erst mal schneller vorwärts, was ihn regelrecht begeisterte. Er spürte richtig, wie ihn die Strömung schob. Doch nach einiger Zeit kam die Erschöpfung. Lukas legte sich auf den Rücken und ließ sich treiben, die Rettungsweste hielt ihn.

Als er sich etwas erholt hatte, wechselte er wieder auf Brustschwimmen. Die Sonne stand nur noch ein Stück über dem Horizont und strahlte rot. Nicht mehr so weißglühend wie tagsüber.

Ich werde bald einen urlaubsgemäßen Sonnenuntergang erleben, dachte Lukas sarkastisch. Schade, dass ich kein Foto davon machen kann.

Als die Sonne im Meer versunken war, drehte er sich erneut auf den Rücken, starrte in den dunkelblauen Himmel und dachte ans Aufgeben. Einfach versinken und endlich Wasser trinken, nur schlucken und die Salzkruste in der Kehle loswerden und untergehen.

Aber er verdrängte den verlockenden Gedanken und wechselte weiter alle halbe Stunde seine Lage. Inzwischen zeigte sich nur noch ein orangener Streifen am Horizont. Die Dämmerung hatte begonnen. Aber noch konnte er sein Ziel einwandfrei sehen.

Schließlich erreichte er endlich die Insel. Fast liebevoll strich er über die rauen Steine am Ufer. Das Meer stupste ihn weiterhin vorwärts. Es war schon dunkel, aber Klippen, Bäume und Büsche konnte er im Mondlicht noch erkennen. Auf allen Vieren überwand er langsam den felsigen Strand. Er war völlig erschöpft und ausgedörrt. Jetzt krabbelte er über eine Kiesfläche, in der er immer mehr Grasbüschel fühlen konnte.

Lukas richtete sich stöhnend auf wie ein kranker alter Mann. Als er nach einer ungeheuerlichen Anstrengung dann stand und die ersten schwankenden Schritte geschafft hatte, entdeckte er etwas oberhalb von sich ein brennendes Lagerfeuer. In dem strahlenden Schein konnte er sich bewegende Gestalten ausmachen. Mühsam schleppte er sich weiter in die Richtung.

„Hallo!", schrie er so laut es ging, aber er hörte nur ein heiseres Krächzen. Ihm wurde schwindelig. Er wiederholte seinen Hilferuf und kam ins Taumeln. Plötzlich drehte sich alles vor und mit ihm, und er fiel in ein schwarzes Loch.

Erster Tag: Sonntag

2

Lukas öffnete die Augen und musste gleich wegen des Sonnenlichts blinzeln. Wo war er? Wieso war die Sonne schon wieder da?

Er lag auf seiner linken Seite auf einem altmodischen Feldbett. Er trug nur seine Shorts und fühlte sich viel besser. Seine Lippen waren eingecremt und schmeckten nach unbekannten Kräutern. Er hatte von einem knisternden Lagerfeuer und schemenhaften Wesen geträumt. Über ihm war eine geflickte Zeltplane gespannt.

Plötzlich kam von hinten eine junge Frau im Bikini, ohne ihn zu beachten. Sie stellte sich mit dem Rücken zu ihm an einen rustikalen Tisch und hantierte dort herum. Sie hatte grün gefärbte Haare und eine makellose Figur.

Lukas drehte sich auf den Rücken, alles tat ihm weh, das Bett quietschte.

Die Frau wandte sich blitzschnell zu ihm um. Ihre Miene zeigte zuerst Überraschung, bevor sie freundlich lächelte und näher herankam. Sie hatte braune Augen und war hübsch.

„Hast du schon ausgeschlafen?", fragte sie auf Deutsch.

„Weiß nicht", sagte Lukas mit belegter Stimme und räusperte sich.

„Du hast bestimmt noch einen trockenen Hals."

„Und wie." Als er sich aufrichten wollte, wurde ihm schwindelig, und er verspürte einen pochenden Kopfschmerz.

Mit einem Schritt war sie an seinem Bett. „Du musst noch den Kopf unten lassen. Anweisung von unserem Doc." Sie legte ihre kleine Hand auf seine nackte Brust und drückte ihn sanft runter.

„Warum?" Sogleich ging es seinem Kopf besser.

Sie zuckte mit der Schulter und antwortete mit schnippischer Liebenswürdigkeit: „Das ist so, wenn man total erschöpft war und fast verdurstet wäre."

„Hast du mich gerettet?"

Sie nickte. „Aber nicht alleine. Wir haben dich zu viert hierher geschleppt und dir nach und nach Wasser eingeflößt. Du hast wirres Zeug erzählt und warst echt fertig. Dann haben wir noch deinen Sonnenbrand und deine Lippen versorgt und dich schlafen lassen."

„Wann war das?"

Sie furchte die Stirn. „Na, gestern Nacht."

„Kann ich jetzt etwas trinken?"

„Klar." Sie holte eine offene Wasserflasche vom Tisch, schob ihre rechte Hand vorsichtig unter seinen Hinterkopf und hob ihn etwas an. Mit links führte sie die Flasche an seinen Mund. „Aber langsam. In kleinen Schlucken."

„Ja." Während er das köstliche Wasser genoss und ihr nah war, stellte er fest, dass diese grünen Haare nicht echt sein konnten.

Sie waren zu grob. Es musste sich wohl um eine primitive Spaß-Perücke handeln, wie man sie immer noch in gewissen Regionen beim Karneval sah.

Nachdem die Flasche halb geleert war, flüsterte er: „Danke. Das reicht."

Sie stellte das Wasser zurück und fragte: „Von wo bist du gekommen?"

„Von Teneriffa."

„Und was ist passiert?"

„Ich bin mit einem Wasserscooter einem Wal ausgewichen und gekentert. Irgendwann ist das Ding gesunken und ich musste schwimmen."

Sie rümpfte die Nase. „Sind das diese schnellen Flitzer?"

„Ja." Erst jetzt nahm er das Rauschen der Brandung bewusst wahr. Er befand sich also in Strandnähe.

Sie schwenkte tadelnd den Kopf. „Die sind besonders für Meeressäuger nicht gut."

„Sollte ein Urlaubsspaß werden." Das sind hier wohl alternative Naturschützer, vermutete Lukas.

„Warst du alleine?"

„Ja." Gut, dass Iris nicht mitgekommen ist, dachte er. „Und wie heißt diese Insel?"

„El Hierro. Es ist die kleinste der bewohnten Kanarischen Inseln, nachdem La Graciosa aufgegeben wurde."

„Ich dachte mir, dass die das sein musste."

„Hast du überhaupt keinen Hunger?"

„Doch. Und wie", er grinste sie an. „Ich hab seit dem Frühstück gestern nichts mehr gegessen."

„Dann wird's ja Zeit." Sie nahm etwas Gelbes vom Tisch und überreichte ihm drei kleine, krumme Bananen. „Das ist deine erste Ration. Aber langsam essen. Kannst du die selber auspacken?"

„Klar." Allein eine abzureißen, fand er anstrengend. Sie mit links festzuhalten und mit rechts den harten Stiel abzuknicken, schaffte er nicht.

„Ich mach schon." Sie nahm ihm die Banane aus der Hand und gab sie ihm innerhalb einer Minute geschält zurück.

„Danke." Es war ihm peinlich. Lukas schob sich etwas höher und drehte sich wieder vorsichtig auf die Seite. Er biss ein winziges Stück ab, genoss den Geschmack in seinem Mund und schluckte wie bei Halsschmerzen. „Lecker. Sehr süß."

„Nur halt ein bisschen klein. Aber das ist die Urform. Wir haben hier auch Kochbananen." Sie zog sich einen Hocker mit geflochtener Sitzfläche heran und setzte sich mit den beiden anderen Bananen neben ihn.

„Wie heißt du eigentlich?"

„Nele. Und du?"

„Lukas." Obwohl er im Schneckentempo gekaut und geschluckt hatte, schob er sich nun das letzte Stück in den Mund.

Nele schälte sogleich die nächste Banane

und gab sie ihm lächelnd.

„Machst du Urlaub auf dieser Insel?"

„Nein. Ich lebe hier."

„Aber du bist doch Deutsche?", fragte er, bevor er von der köstlichen Frucht abbiss.

„Zumindest deutschstämmig."

„Wie?"

„Meine Urgroßeltern sind als junge Leute mal aus Deutschland hierher gekommen und geblieben."

„Was für einen Pass hast du denn?"

„Gar keinen."

„Was?", Lukas sah sie erstaunt an.

„Wenn ich einen bräuchte, würde ich wohl einen spanischen bekommen."

„Warst du noch niemals im Ausland? Auch nicht in Deutschland?"

Nele schüttelte den Kopf. „Ich hatte keinen Grund. Ich hab hier noch nichts vermisst."

„Warst du noch nie in einer richtig großen Stadt?"

„Nein. Ist es da so toll?" Sie reichte ihm die letzte Banane.

„Na ja, schon imponierend. Man sollte es mal gesehen haben." Er konnte inzwischen ohne Beschwerden schlucken.

Nele zuckte gleichgültig mit der Schulter. „Heiß bin ich da nicht drauf."

„Leben deine Eltern und Großeltern auch hier?"

„Natürlich. Aber meine Oma und mein Opa sind nicht mehr mobil." Sie stand auf, stellte

den Hocker zurück und warf die Bananenschalen in eine grüne Tonne.

„Sind sie bettlägerig oder in einem Alters-
heim?"

Nele lachte auf. „Nee, so etwas gibt's hier
nicht."

„Aber was meinst du denn?"

„Sie haben ihren Platz eingenommen."

„Was heißt das?"

Nele schaute landeinwärts und winkte
jemanden heran. „Das erzähle ich dir ein
anderes Mal, weil ich nämlich jetzt abgelöst
werde." Sie kündigte sie mit ausgestreckten
Armen wie ein Zirkusdirektor an: „Von der lieben Samira!"

Und die war wirklich eine Sensation: Eine
orientalische Schönheit mit großen dunklen
Augen, die weniger von ihren Formen zeigte,
als sie versprachen. Sie war ungefähr im gleichen Alter wie Nele und trug kurze, ausge-
franste Jeans, eine weite ärmellose Bluse und
ebenfalls so eine grüne Billigperücke. Sie
schleppte einen durchsichtigen Wasserkanister
mit Abfüllhahn, den sie auf dem Tisch
abstellte.

„Hola!", grüßte sie ihn mit erhobener Hand.

„Hallo." Lukas versuchte, sie nicht zu sehr
anzuglotzen.

Samira und Nele umarmten sich, sie kicherten und tuschelten miteinander. Dann gab
Nele ihrer Ablösung offenbar eine Zusammen-
fassung über ihn auf Spanisch. Dabei schielten

beide öfter zu ihm rüber.

„So, Lukas", sagte Nele schließlich, „Samira ist jetzt auf meinem Wissensstand. Sie kümmert sich nun um dich. Du kannst dich allerdings nur auf Englisch oder Spanisch mit ihr verständigen."

„Dann wähle ich Englisch."

„Dachte ich mir. Also tschüss dann."

„Ja. Und vielen Dank für alles."

„Gern geschehen." Nele schnappte sich den leeren Kanister, zwinkerte Samira zu und nahm den Weg, den sie gekommen war.

Samira kam an sein Lager und fragte auf Englisch: „Möchtest du etwas trinken?"

„Ja. Gerne." Sie hat bestimmt pechschwarzes Haar unter dieser blöden Perücke, dachte Lukas.

Samira gab ihm genauso behutsam zu trinken wie Nele. Nachdem die Flasche geleert war, erkundigte sie sich, ob sie gleich neues Wasser einfüllen solle.

„Mein Durst ist erst mal gestillt. Danke", antwortete er.

„Gut." Sie stellte die Flasche zurück auf den Tisch, nahm den Hocker und setzte sich auch neben ihn. „Und? Wie geht es dir?"

„Schon viel besser. Ich habe drei kleine Bananen gegessen und ordentlich getrunken."

„Zu Mittag bekommst du eine Suppe und etwas Brot."

„Darauf freue ich mich jetzt schon." Lukas hatte das Gefühl, dass ihre betörenden Augen ihn in Trance versetzen könnten.

„Du wirst bald wieder bei Kräften sein.“

„Hast du mich letzte Nacht auch mit hierher getragen?“

Samira nickte schmunzelnd. „Du warst ziemlich schwer.“

„Tut mir leid. Aber danke.“

„Du bist mein erster Gestrandeter. Hier kommen keine Fremden her.“

Warum eigentlich nicht?, fragte sich Lukas. „Bist du Spanierin?“

„Offiziell ja. Aber meine Vorfahren kamen infolge des Syrischen Bürgerkriegs 2015 als Flüchtlinge nach Deutschland, wo sie sehr gut aufgenommen wurden.“

„Das ist doch schon über 150 Jahre her!“, entfuhr es Lukas.

„Ja, aber es ist immer noch in unserem Gedächtnis präsent. Meine Familie war stets dankbar dafür und hat nur positiv über Deutschland geredet.“

„Das hört man gern. Aber nicht so oft.“

„Die nächste Generation ist dann nach Spanien gezogen. Hauptsächlich wegen des besseren und ähnlichen Wetters wie in Syrien“, sie lächelte entschuldigend.

„Also wurde in deiner Familie auch diese heimatliche Kultur bewahrt und weitergegeben?“

„Ja, genau“, Samira nickte erfreut. „Mit der Zeit zwar nicht mehr so strenggläubig, aber meistens wurden die Partner aus diesem

Kulturkreis ausgewählt."

„Darf ich dich mal was fragen?"

„Natürlich."

„Aber nicht böse sein."

„Nein."

„Warum tragt ihr so komische grüne Perücken?" Lukas hoffte, sie nicht damit zu kränken.

Sie lachte auf und zeigte strahlendweiße Zähne. „Aber das sind doch keine Perücken. Das ist echt."

„Wie echt?"

„So ist unser Haar."

„Wirklich?"

„Ja. Das ist Gras. Das ist unser Haar."

„Was?", entgegnete er verblüfft. „Wie bitte?" Lukas starrte sie fassungslos an.

„Unser Haar wächst als Gras."

„Das gibt's nicht."

„Hier schon."

„Das ist unmöglich."

„Hier nicht."

„Aber ..." Er beäugte skeptisch ihre stabilen grünen Haare. Das musste doch ein Scherz sein. Die wollten ihn reinlegen.

„Du kannst es ruhig anfassen", Samira lächelte aufmunternd.

„Ich weiß nicht." Trotzdem berührte er ihr Grashaar. Es fühlte sich etwas stumpf an. Lukas zog ganz vorsichtig an einer Strähne und rechnete jeden Moment damit, dass sich ein Toupet oder die gesamte Perücke lösen würde.

„Aua!"

Seine Hand zuckte erschrocken zurück. „Entschuldigung."

„Ich hab nur markiert", sagte Samira belustigt. „Hat gar nicht weh getan."

Lukas schwenkte verunsichert den Kopf.

„Du kannst unten auch ein Stück abknipsen und drauf rumkauen."

Er musste sich dazu überwinden, aber er tat es. „Schmeckt tatsächlich wie Gras."

„Ist ja auch welches."

„Aber wie geht das?" Ganz unbewusst schluckte er diese winzige Probe runter.

Samira zog ihre haarlosen Augenbrauen hoch. „Das ist ziemlich kompliziert."

Aus seiner Sicht konnte er dort einen schwachen Grünschimmer erkennen. „Habt ihr überhaupt keine normale Körperbehaarung?" Er musste sofort ans Schamhaar denken.

„Nein."

„Seid ihr hier alle so?", fragte Lukas. Er kam sich vor wie in einem Fantasyfilm, die er stets nur Iris zuliebe mitgeguckt hatte.

„Ja. Aber es gibt je nach Altersstufe schon erhebliche Unterschiede."

„Wird das weitervererbt?"

„Ja", Samira nickte. „Aber man könnte es bei Kindern bis sechs Jahren noch nachträglich implantieren."

„Und wie ist das mal entstanden? Und warum?"

„Es wurde durch langwierige Gen-Experimente entwickelt. Durch den großartigen Dr. Austin. Unserem Stammvater quasi."

„Lebt der noch?"

Sie schüttelte den Kopf.

„Hat er auf dieser Insel gelebt?"

„Er hat El Hierro Spanien abgekauft und unsere Kolonie hier aufgebaut."

„Was?", Lukas runzelte die Stirn. „Der hat die ganze Insel dem spanischen Staat abgekauft?"

„Ja. Während der großen Wirtschaftskrisen wegen der Pandemien und Umweltveränderungen haben mehrere Staaten einige ihrer Inseln verkauft. Zum Beispiel Griechenland, die Türkei und Indonesien."

„Und wo sind die Bewohner von El Hierro geblieben?"

„Die meisten hatten nach diesem Niedergang und einigen Dürrejahren die Insel bereits verlassen."

„Wurde dieser Austin auch hier beerdigt?"

„Es gibt eine Art Denkmal von ihm."

Der muss man ja alles aus der schönen Nase ziehen, dachte Lukas. „Was war das denn für einer? Erzähl doch mal."

Samira zog eine gequälte Miene und schien abzuwägen. „Nun, Dr. Austin hatte im letzten Jahrhundert ein Vermögen mit gentechnisch verändertem Saatgut und Impfstoffen verdient. Seine Nutzpflanzen waren die ertragreichsten und widerstandsfähigsten, seine Impfstoffe effektiv und preiswert. Viele Länder auf der ganzen Welt kauften seine Produkte. So entstand sein riesiges, finanzstarkes Imperium, das die Menschen vor den häufigen Viren und ihren Mutationen schützte und den Hunger in den armen Ländern fast ausrottete."

„Und dann?", fragte Lukas ungeduldig.

Sie schien zu überlegen, ob sie ihm noch mehr erzählen sollte. „Während der vielen Krisen und dem häufigen Extremwetter mit Überschwemmungen, Stürmen und Dürren forderte Dr. Austin ein radikales Umdenken, wie viele Umweltschützer damals. Doch er wollte wirklich etwas dauerhaft verändern. Nicht nur darüber reden und demonstrieren, sondern endlich handeln. Und da alles Übel vom Menschen kam, konzentrierte er sich auf ihn. Er wollte einen neuen Menschentyp erschaffen, der selber Natur war und so im Einklang mit ihr leben würde."

„Also spielte er Gott?"

„Wenn man es so nennen will", sie zog ihre Schultern hoch. „Zumindest schuf er eine neue Homo-Art durch die Kreuzung von menschlichem mit pflanzlichem Erbgut."

„Unglaublich!", er schüttelte den Kopf.

„Ist aber so."

„War das denn erlaubt?"

„Hier wohl schon, weil es Privateigentum ist. Da hat kein Staat irgendetwas zu bestimmen."

„Ihr habt also die Gene von Gras in euch?",

fragte Lukas entsetzt.

„Nicht nur die, sondern auch von anderen Pflanzen.“

„Von mehreren?“

Samira nickte. „Aber jetzt“, sie klatschte mit beiden Händen auf ihre hinreißenden nackten Oberschenkel, „machen wir erst mal eine ausgedehnte Trinkpause.“ Sie erhob sich und ging zum Tisch, um Wasser abzufüllen.

„Hast du ein Handy?“, fragte er, weil er unbedingt Iris erreichen musste.

3

Lukas hatte diesmal völlig selbständig getrunken und dabei problemlos den Kopf anheben können.

Samira hatte kein Handy. Wie alle hier. Die einzige Kommunikationsmöglichkeit in der Nähe besaß dieser Doc im zwei Kilometer entfernten Dorf, und dabei handelte es sich um ein Funkgerät, mit dem er Kontakt nach Frontera, Pinar und der Hauptstadt Valverde aufnehmen konnte. Dort sollte es sogar eine richtige Telefon- und Internetverbindung nach außerhalb geben.

Während Samira ihm das alles erzählt hatte, war Lukas eingefallen, dass er Iris' Handynummer nicht wusste, genauso wenig wie seine eigene oder die seiner Mutter. Mit Zahlen hatte er es nicht so, dafür gab es ja die Kontaktlisten im Handy.

Samira schlug vor, dass der demnächst auftauchende Essensbote unverzüglich zum Dorf zurückkehren und den Doc bitten sollte, per Funk Valverde aufzufordern, das betreffende Hotel anzurufen und seine Freundin zu informieren. Dafür gab sie ihm Schreibzeug, und er notierte sehr leserlich den Urlaubsort, das Hotel, ihre Zimmernummer sowie seinen Namen und den von Iris.

„Deine Freundin macht sich ja garantiert unheimliche Sorgen um dich", sagte Samira mitleidig.

„Auf jeden Fall", er presste die Lippen zusammen und befürchtete, dass Iris mittlerweile kurz vor einem Nervenzusammenbruch stehen würde.

„Seid ihr schon lange ein Paar?"

„Fast drei Jahre."

„Und?" Sie rollte mit ihren imposanten Augen. „Gibt es Hochzeits- und Kinderpläne?"

„Sie würde schon gerne, aber ich möchte mir lieber noch etwas Zeit lassen und das freie Leben genießen."

„Typisch Mann", Samira verzog einen Mundwinkel.

„Willst du denn mal Kinder haben?"

„Mit dem richtigen Partner dafür schon."

„Die Interessenten stehen bei dir doch bestimmt schon Schlange."

„Wenn du meinst", erwiderte sie ein bisschen verlegen.

Lukas nahm ein entferntes Summen wahr und dachte zuerst an irgendeine Maschine. Bis ihm schlagartig bewusst wurde, dass es eine Drohne sein könnte. „Hörst du das auch?", er stemmte sich mit den Ellenbogen etwas höher.

„Ja. Könnte so eine Drohne sein", Samira stand auf und blickte in Richtung Meer. „Vielleicht suchen sie dich."

„Kann gut sein", erwiderte er zuversichtlich. Das Fluggeräusch war etwas lauter geworden. „Wie kann man sich denn da bemerkbar machen?"

„Ich laufe zum Strand runter und schaue

mich um. Falls da eine Drohne ist, werde ich mit den Armen schwenken und winken, um sie auf mich aufmerksam zu machen."

Lukas nickte dankbar, Samira rannte los.

Dieses Summen schwoll kurzzeitig stark an und wurde rasch wieder leiser. Lukas schwankte zwischen Hoffen und Bangen. Ob die Drohne sich bereits entfernt hatte? Bei der Suche nach ihm würde man sich ja auf das Seegebiet zwischen Teneriffa und La Gomera konzentrieren. Hier befand er sich womöglich 40 Kilometer abseits davon.

Seltsam, dass es auf dieser Insel anscheinend gar nicht die üblichen technischen Standards gab. Die Leute hier schienen sich bewusst für eine komplett andere, altmodische Lebensführung entschieden zu haben. Und für eine andere Lebensform, fügte er seinen Gedanken hinzu, als ihm die Grashaare einfielen. Bei was für Menschen war er hier eigentlich gelandet?

Anscheinend fanden sie die Gen-Manipulationen an ihrem Erbgut überhaupt nicht verwerflich, sondern im Gegenteil sogar gut und nützlich. Kein Wort von der üblichen Kritik an gentechnischen Veränderungen. Oder waren die Leute hier alle durch subtile Propaganda schon gleichgeschaltet worden?

Samira kam ungefähr nach einer halben Stunde zurück und setzte sich mit bedauernder Mimik wieder neben ihn. „Tut mir leid. Als ich am felsigen Strand ankam, war die Drohne

schon auf dem Rückflug in Richtung Gomera.
Da suchte auch ein Hubschrauber die Küste
ab.“

Lukas verkniff sich jegliches Fluchen.
„Schade.“

„Aber man wird von hier bestimmt einen
Kontakt mit deinem Hotel und deiner Freundin
herstellen können.“

„Hoffentlich“, er runzelte die Stirn. „Wieso
habt ihr hier überhaupt keine Handys und so?“

„Die Generationen vor uns haben sich dagegen entschieden, weil sie diesen ganzen über-
flüssigen Medienquatsch nicht mehr mit-
machen wollten. Sie haben sämtliche Handy-
masten auf El Hierro demontiert. Diese Strah-
lung sollte ja auch schädlich sein.“

Aber angezüchtete Pflanzengene nicht?, fiel
Lukas ein. „Und ihr heute? Seid ihr immer
noch damit einverstanden?“

„Die meisten ja.“

„Also gibt es auch Gegner dieser Technik-
feindlichkeit?“, fragte Lukas.

„Die gibt es durchaus. Es wird auch viel
darüber diskutiert. Wir sind schließlich keine
Diktatur. Und wer es absolut nicht mehr
ertragen könnte, müsste die Insel eben verlassen.“

„Ginge das so einfach?“, er schielte zu
Samiras fremdartigen Haaren.

„Einfach nicht, aber es ist möglich.“

„Habt ihr hier überhaupt Strom?“

„Natürlich. Aber nur durch Solarenergie.

Genau wie für warmes Wasser."

„Ich kann mir jedenfalls ein modernes Leben ohne ständige digitale Verknüpfungen gar nicht mehr vorstellen. Nicht nur privat, sondern auch beruflich und gesellschaftlich."

„Wir wollen hier eben nicht so ein von Medien und Werbung überhäuftes und bestimmtes Leben führen, sondern ein naturverbundenes", erwiderte Samira. „Wir können zwar nicht mit unzähligen Leuten überall auf der Welt oberflächlich kommunizieren, aber dafür ganz intensiv mit Pflanzen, von Gras über Blumen bis zu Bäumen."

Lukas versank sprachlos in ihrem bezaubernden Blick.

Die Geräusche eines Herankommenden lösten seine Fixierung und beendeten ihr Schweigen. Ein circa zehnjähriger Junge voller Sommersprossen erschien und grüßte auf Spanisch, obwohl er absolut nicht südländisch aussah. Er stellte einen tragbaren Topf und einen gefüllten Stoffbeutel auf den Tisch. Er trug knielange schmuddelige Shorts, ein knitteriges T-Shirt und einen grünen Bürstenhaarschnitt.

Samira stand auf. „Darf ich vorstellen. Das ist Ole, der uns das Mittagessen gebracht hat. Ole - Lukas", sie zeigte auf ihn.

„Hola", begrüßte er den Jungen.

Damit waren seine Spanischkenntnisse fast schon erschöpft, jedenfalls verstand er kein Wort von Samiras schneller Rede, mit der sie

Ole seinen Auftrag diktierte. Der nickte in gewissen Abständen, stellte knappe Zwischenfragen, nahm den Zettel für den Doc in Empfang, hob die Hand zum Gruß und verschwand wieder.

„Wo stammt der denn her?", erkundigte sich Lukas.

„Seine Familie kam mal aus Holland, als die damals ein Zehntel ihrer Landfläche ans Meer verloren hatten. Ole spricht lieber Spanisch als Englisch."

„Bei uns sind die Halligen auch in der Nordsee versunken und sämtliche Inseln massiv geschrumpft."

„Ich weiß. Schlimm."

„Es gibt sogar hitzige Diskussionen, ob man Sylt aufgeben sollte oder nicht." Wegen ihres unwissenden Blicks fügte er hinzu: „Das ist eine sehr beliebte Urlaubsinsel in der Nordsee."

„Aha." Samira ging zum Tisch und öffnete den Topf. „Heute gibt's Kürbissuppe. Hast du die schon mal gegessen?"

„Ja. So mit Schinkenwürfel drin?"

Sie drehte sich um und strahlte übers ganze Gesicht. „Da muss ich dich leider enttäuschen. Wir ernähren uns hier auf der Insel ausschließlich vegan."

„Irgendwie hab ich das befürchtet", er lächelte gequält.

„Aber die Suppe schmeckt auch ohne fleischliche Beigabe. Wenn du bereit bist, fülle ich jetzt die Schalen.“

„Bereit.“

„Gut.“ Samira nahm einiges aus dem Stoffbeutel und hantierte auf dem Tisch herum.

Lukas dachte an Iris, der man womöglich bald mitteilen würde, dass man die Suche auf dem Meer ergebnislos abgebrochen hatte. Wie würde sie das verkraften? Und erst seine Mutter, die ja garantiert von Iris auf dem Laufenden gehalten wurde.

Als letzten Hoffnungsschimmer würde die Polizei auf La Gomera weitere Nachforschungen anstellen lassen, denn dort gab es ja noch eine funktionierende technische Zivilisation. Trotz allem grinste er innerlich.

„Das Essen wird serviert.“ Samira stand vor ihm mit einer Suppenschale, einem Löffel und einer Brotscheibe. „Kannst du noch etwas höher rutschen? Aber vorsichtig.“

Lukas schob sich langsam bis über die Schultern hoch, ohne negative Folgen. Er nahm das Essen entgegen und wartete, bis auch Samira mit ihrer Schale neben ihm saß.

„Guten Appetit“, sagte sie.

„Danke gleichfalls.“ Die Suppe dampfte noch und roch gesund. Er pustete, um nicht zu schlürfen.

„Was da oben drauf schwimmt sind geröstete Pinienkerne. Aber du kannst dir ja einbilden, dass es Schinkenwürfel wären.“

„Muss ich nicht. Schmeckt auch so gut.“ Lukas fand es sehr angenehm, nur schlucken zu müssen, um seinen leeren Magen mit warmer Nahrung zu füllen.

„Dann hau mal rein."

Das tat er auch. Er leerte drei Schalen mit Kürbissuppe und aß dazu zwei Scheiben von dem leckeren Brot.

Nachdem Samira alles weggeräumt hatte, setzte sie sich erneut neben Lukas, der wieder etwas tiefer gerutscht war. Inzwischen hatte die glühende Sonne ihren höchsten Stand erreicht, aber unter der schattenspendenden Plane und mit der Meeresbrise konnte man es aushalten.

„Mir ist da was eingefallen", sagte er dann.

„Und was?"

„Wenn euer Organismus zu einem Teil pflanzlich ist und ihr euch nur vegetarisch ernährt, ist das nicht ein bisschen wie Kannibalismus?", fragte er hinterlistig. „Also das Aufessen von Artgenossen."

Samira stutzte kurz und musste lachen. „Da hast du durchaus recht. Du bist ganz schön clever. Als Kannibale hat sich hier hundertprozentig noch niemand gesehen."

„Gibt es auf der Insel gar keine Nutztiere?"

„Du willst doch wohl keins fangen und heimlich schlachten?"

„Nie und nimmer", beteuerte Lukas amüsiert.

„Dein Glück", sie drohte ihm mit der Faust.

„Also leben hier noch solche Tiere?"

„Klar. Irgendwo rennen ein paar Hühner und

Ziegen rum. Manchmal trifft man auch Schweine oder einen Esel. Die sind hier so frei wie Wildtiere."

„Und sterben nur an Altersschwäche."

„Genau."

„Dann könnte man sogar Eier finden?"

„Unwahrscheinlich. Mach dir keine falschen Hoffnungen", Samira griente schadenfroh. „Da man den Hühnern die Eier nicht mehr ständig wegnimmt, legen sie auch keine nach. Genau wie bei den Kühen, die man ja früher durch das tägliche Melken in einem dauerhaften Säugemodus auch ohne Kalb gehalten hatte. Furchtbar."

„Verstehe. Also keine Chance auf Milch und Rühreier."

„Nee. So etwas kannst du hier vergessen."

„Bedauerlich."

„Dafür wirst du aber viele neue Gemüse-sorten, Früchte und leckere vegane Gerichte kennenlernen."

„Akzeptiert."

„Möchtest du etwas trinken?"

„Ja, gerne. Aber ich ...", Lukas zog ein leidendes Gesicht und druckste herum.

„Was ist denn?"

„Ich müsste vorher mal Wasser lassen."

„Das ist doch prima", freute sich Samira und stand auf. „Das zeigt, dass dein Flüssig-keitspegel wieder aufgefüllt ist."

„Ja, schon. Gibt's hier eine Toilette?"

„Nee. Nur die freie Natur. Das hier ist ein

Sommercamp ohne feste Häuser."

„Gut." Er schob sich wieder hoch, richtete zögernd seinen Oberkörper auf und ließ ganz langsam seine Beine runter, bis er richtig auf der Bettkante saß und auf unangenehme Reaktionen wartete, die zum Glück ausblieben.

„Ich helfe dir." Samira beugte sich zu ihm hinab, steckte ihre Arme unter seinen Achseln durch, verschränkte die Hände auf seinem Rücken und hob ihn mit an.

„Das klappte ja besser als erwartet", sagte Lukas, als er leicht schwankend stand.

„Ist dir schwindelig?", sie hielt ihn weiterhin fest.

„Überhaupt nicht. Nur die Beine sind ein bisschen wie Gummi."

„Ich unterstütze dich beim Gehen ins Gebüsch. Aber ich werde natürlich keine Hand an dich legen", sie zwinkerte ihm zu.

„Schade eigentlich."

4

Den Pinkelweg hatte er problemlos geschafft, auch wenn es ziemlich anstrengend war. Er fand es sehr angenehm, nun wieder bequem auf dem Feldbett zu liegen und Wasser zu trinken. Eigentlich könnte er auch wieder etwas essen.

„Gibt es hier noch welche von diesen süßen kleinen Bananen?"

„Hast du etwa schon wieder Hunger?", wunderte sich Samira.

„Ich könnte eine Kleinigkeit vertragen."

Sie schüttelte den Kopf, nahm zwei Bananen vom Tisch und reichte sie ihm. „Bitte schön."

„Danke." Ohne darüber nachzudenken, knickte er den Stiel um, pellte sie ab und begann zu essen. Erst dabei fiel ihm ein, dass er heute Morgen noch zu schwach gewesen war, um eine Banane zu schälen.

Samira setzte sich neben ihn, sah ihm zu und sagte dann: „Deine Eltern werden sich doch auch wahnsinnige Sorgen um dich machen. Deine Freundin wird ihnen ja alles berichtet haben."

„Sicherlich. Aber es gibt nur meine Mutter."

„Und was ist mit deinem Vater? Haben sie sich getrennt?"

„Mein Vater trat nie in Erscheinung. Den gab es nur als anonymen Samenspender. Ein Vater existierte für mich nicht. Nur in einer weiblichen Variante."

„Verstehe ich nicht."

Lukas legte die Bananenschalen neben sich auf den Boden. „Nun, meine Mutter war mit einer Frau verheiratet. Und die wollten unbedingt ein eigenes Kind. Also ließ sich meine Mutter künstlich befruchten und wurde schwanger. Meine Eltern waren zwei Frauen. Die Partnerin meiner Mutter war ein maskuliner Typ und übernahm die Vaterrolle. Sie war streng und dominant. Wenn ich ehrlich bin, war ich nicht traurig, als sie sich dann scheiden ließen."

„Wie alt warst du da?"

„So wie Ole."

„Hast du denn mal versucht, deinen unbekannten Erzeuger ausfindig zu machen?"

„Nein", er schüttelte den Kopf.

„Aber du hast doch bestimmt einen Vater vermisst."

„Eigentlich nicht. Höchstens mal in Fußball- oder Auto-Fragen. Was man nicht kennt, kann man nicht richtig vermissen."

Samira blickte ihn gespannt an. „Hat deine Mutter wieder geheiratet oder eine feste Partnerschaft gehabt?"

„Nie wieder. Bis ich volljährig wurde, hat sie sich auf mich konzentriert. Dann wurde sie krank, und ich hab mich am Anfang um sie gekümmert."

„Was hat sie denn?"

„MS. Sie lebt jetzt in einer Rollstuhl-WG mit Leidensgenossinnen."

„Das tut mir leid“, sagte sie betroffen.

„Ach, da fühlt sie sich ganz wohl. Für alles, was sie nicht mehr können, bekommen sie Hilfe. Ansonsten gestalten sie ihr Leben weitestgehend selbständig.“

„Wie alt ist denn deine Mutter?“

„53 Jahre.“

„Viel zu jung für so ein Schicksal.“

„Ja.“ Lukas wollte das Thema wechseln, bevor es zu rührselig wurde. „Du hast gesagt, ihr habt nicht nur die Gene von Gras in euch, sondern auch von mehreren anderen Pflanzen.“

„Stimmt.“

„Was denn für welche?“

Samira überlegte einen Moment, ehe sie antwortete: „Das ist individuell verschieden. Das kann Efeu oder Moos sein, aber auch etwas Blühendes wie Akelei, Clematis oder Orchideen.“

„Orchideen mit diesen tollen Blüten? Die sollen aus euch herauswachsen?“, fragte er entgeistert.

„Ja. Doch eher am Körper, mit dem sie aber verbunden sind. So wachsen sie in den Tropen auch auf Bäumen. Die haben Wurzeln, mit denen sie die Feuchtigkeit aus der Luft aufnehmen können.“

„Unglaublich“, sagte er irritiert auf Deutsch und wiederholte es auf Englisch.

„Das sieht schön aus, wenn so eine Orchidee am Hals hängt.“

„Und wer bestimmt die jeweiligen Pflanzen-arten? Kann man sich die aussuchen?“

„Zukünftige Eltern können sich zum Beispiel ganz bewusst einige Zeit vor der Schwanger-schaft ein Mädchen mit Klee, Moos und einer hübschen Clematis bestellen.“

„Bestellen?“, wiederholte Lukas verstört.

„Ja. Im Institut in Valverde. Das ist eine große Gen-Anstalt mit angeschlossener Kli-nik.“

„Aber ...“, er stockte mit offenem Mund und starrte sie an.

„Das wird allerdings mittlerweile nicht mehr so häufig gemacht. Die meisten lassen der Natur und den vererbbaren Genen ihren Lauf.“

„Das fällt mir echt schwer, das alles zu glauben.“

„Verstehe ich. Du bist aber auch der erste Fremde, dem ich das erzähle. Eigentlich darf ich das gar nicht.“

„Warum nicht?“

„Weil das nicht außerhalb unserer Insel bekannt werden soll.“

„Und was hast du für Pflanzen-DNA in dir?“

Samira verdrehte die Augen und schmun-zelte. „Das ist schon ziemlich intim. Aber ich verrate nicht die bestimmten Bereiche.“

„Du kannst dich auf jeden Fall auf meine Diskretion verlassen“, er hob drei Finger zum Schwur, hatte aber den Eindruck, dass sie diese Geste nicht kannte.

„Na gut. Bei mir ist es Gras, Moos und

höchstwahrscheinlich weiße Lilie von meiner Mutter."

So eine Blüte an ihr muss fantastisch aussehen, dachte Lukas und sagte: „Also nichts extra Bestelltes?"

Sie schüttelte den Kopf. „Ach, und natürlich noch ein Baum. Bei mir ist es Buche."

„Was?" Das wurde ja immer verrückter. „Wie meinst du das?"

Samira zögerte mit der Antwort und beobachtete ihn aufmerksam. Dann sagte sie mit ernsterem Gesichtsausdruck: „Das soll dir lieber einer von den Älteren erklären. Ich hab dir sowieso schon viel zu viel erzählt und krieg deswegen bestimmt Ärger."

„Wieso denn das?", erwiderte er gereizt.

„Das ist hier eine völlig andere Welt. Für einen Außenstehenden muss das selbstverständlich verwirrend sein."

„Natürlich ist das alles hier für mich unvorstellbar. Aber deshalb musst du doch jetzt keine Geheimnisse vor mir haben."

„Wir müssen unsere Einzigartigkeit vor äußeren Einflüssen schützen."

„Du hörst dich ja plötzlich so offiziell an wie eine Dienstvorschrift!"

„Das musst du akzeptieren. Ich habe dir schon viel zu viel verraten."

„Verraten? Warum verhältst du dich jetzt so?", fragte Lukas erbost.

Samira blickte ihn eindringlich an. „Siehst du, das wird dir zu viel. Du regst dich zu sehr auf", versuchte sie ihn mit sanfter Stimme zu beruhigen.

Das brachte ihn noch mehr in Rage. „Sprich nicht mit mir wie mit einem Behinderten!"

„Gut. Dann lass ich dich wohl am besten für eine Weile allein", Samira stand mit gekränkter Miene auf und entfernte sich in Richtung Strand.

Er sah ihr wütend hinterher und beherrschte sich gerade noch, ihr nichts Böses nach zu rufen. Was war denn auf einmal mit der los? Wer hatte denn hier wen verärgert?

Lukas versuchte, seine Atmung und seinen Herzschlag wieder zu normalisieren. Der Anblick des blauen Himmels und des vielen Grüns um ihn herum, entspannte ihn allmählich.

Was ist bloß in mich gefahren?, dachte er etwas später. Wie konnte ich sie bloß so anblaffen? Ist das nicht erschreckend undankbar von mir? Ich muss mich bei ihr entschuldigen. Und das sofort.

Er setzte sich wieder behäbig auf die Bettkante, ergriff die Bananenschalen und erhob sich. Zur Sicherheit blieb er einige Sekunden so stehen. Er hielt sich stabil, ihm wurde nicht schwindlig. Er ging zum Tisch und warf die Schalen in die grüne Tonne. Man sollte ihm nicht nachsagen, dass er seinen Abfall nicht wegräumte. Dann trank er noch ein paar Schlucke Wasser und folgte ihr mit vorsichtigen Schritten.

In dem Tempo konnte er ohne Schwierigkeiten gehen, auch wenn der Muskelkater schmerzte. Bald sah er die Aschereste des nächtlichen Lagerfeuers. Der Boden fiel nun schräg zum Strand ab, das machte es für ihn beschwerlicher. Lukas fühlte sich wie ein alter Mann. Gut, dass seine Freunde ihn nicht so sehen konnten.

Das Gras wurde weniger. Er kam auf eine Kiesfläche, was mit nackten Füßen äußerst unangenehm war. Schließlich stand er vor einem Schild an einem eingeschlagenen Pfosten. Auf der Vorderseite wurde in Spanisch, Englisch und Deutsch darauf hingewiesen, dass die gesamte Insel Privatbesitz und das Betreten verboten sei.

Es war schon ungewöhnlich, dass nicht der Staat der Eigentümer einer auf seinem Territorium befindlichen Insel war, sondern anscheinend die Erben dieses Milliardärs. Immerhin handelte es sich hier nicht um ein winziges Eiland.

Lukas schleppte sich weiter vorwärts. Es wurde zunehmend schwieriger, weil zwischen den Kieselsteinen immer mehr größere schwarze Felsbrocken aufragten. Zum Glück entdeckte er Samira in einiger Entfernung, sie stand da und schaute aufs Meer hinaus. Sie wirkte traurig. Und er war schuld daran.

„Hallo!", rief er, doch sie hörte ihn wohl nicht wegen der Brandung.

Er holte tief Luft und schrie: „HAL-LO! SA-

MI-RA!"

Als sie sich zu ihm drehte und ihn entdeckte, schwenkte er erleichtert die Arme.

Die Sonne stand schon tiefer und blendete ihn etwas. Dennoch erkannte er ihr auffälliges Kopfschütteln. In einem flotten Slalom wich sie den Felsen aus und war rasch bei ihm.

„Was machst du denn hier? Ist was passiert?", fragte sie besorgt.

„Ich möchte mich bei dir entschuldigen. Ich habe mich unmöglich benommen."

„Und deshalb schleppst du dich in deinem Zustand hierher?" Mit tadelnder Miene stemmte sie ihre Hände in die Hüften. „Das war sehr leichtsinnig von dir. Du hättest stürzen und dir den Kopf aufschlagen können."

„Das wäre eine verdiente Strafe gewesen", erwiderte er kleinlaut.

Einer ihrer Mundwinkel verzog sich ein bisschen. „Und dann auch noch barfuß."

„Ich wusste ja nicht, dass hier so viel Kies ist."

„Wie ein kleiner Junge", sagte Samira jetzt deutlich amüsiert.

„Kannst du mir noch mal verzeihen?"

„Bei dem Hundeblick bleibt mir wohl nichts anderes übrig", sie ließ ihre großen Augen kreisen.

„Danke vielmals. Es kommt nicht wieder vor."

„Das will ich doch hoffen."

Lukas faltete die Hände und verneigte sich

wie ein Inder.

„Du hast wohl schon Übung in so was?", sie sah ihn spöttisch an.

Er schwenkte genauso artig den Kopf, musste aber schmunzeln.

„Na, auf jeden Fall hast du die Strecke ja unbeschadet überstanden."

„Es war aber recht anstrengend."

„Du bist doch kein Jammerlappen, sondern ein sportlicher Kerl – oder?"

Er nickte. „Ich bin auch etwas stolz auf meine Leistung."

„Da siehst du mal, dass selbst ein Streit einen positiven Effekt haben kann."

„Trotzdem hätte ich es nicht so weit kommen lassen dürfen."

„Das stimmt natürlich. Damit wäre die Schuldfrage also eindeutig geklärt", Samira zog die Grünstreifen über ihren Augen hoch. „Meinst du, dass du den Rückweg auch schaffst?"

„Klar." Lukas zog den Bauch ein und pumpte sämtliche Muskeln auf wie ein Bodybuilder.

„Angeber."

Er grinste, pustete übertrieben aus und ließ alles wieder erschlaffen.

„Dann geh mal vorweg, damit ich dich im Notfall stützen kann, falls du schlapp machst."

„Kannst du mich denn halten?"

„Das wirst du dann schon merken", antwortete sie schnippisch.

Die Steigung brachte Lukas schnell zum

Schnaufen, aber er wollte sich natürlich keine Blöße geben.

„Soll ich dich schieben?"

„Keine unsittlichen Berührungen."

„Das hättst du wohl gerne?", Samira kicherte.

„Na klar." Er war froh darüber, dass sich dieser unnötige Streit in gute Laune aufgelöst hatte.

„Das ist auf jeden Fall das richtige Training für dich."

„Ja", stöhnte Lukas. Durch den Anstieg hatte er keine Luft zur Unterhaltung übrig.

Als er endlich wieder auf dem Feldbett lag und getrunken hatte, fühlte er sich ziemlich erschöpft.

„Eigentlich müsstest du morgen den Weg ins Dorf schaffen", sagte Samira, die abermals neben ihm saß.

„Jetzt willst du mich wohl fertigmachen?"

„Du hast die Strecke doch mit Leichtigkeit bewältigt. Jedenfalls sah das von hinten so aus."

„Wie viel Kilometer sind das denn?"

„Nur zwei", sie lächelte aufmunternd.

„Flach oder auch mit so 'ner Steigung?"

„Nicht so steil wie hier vom Strand herauf."

„Na, mal sehen." Er fühlte sich viel zu entkräftet, um über morgige weitere Anstrengungen nachzudenken. „Jetzt muss ich mich erst einmal erholen."

„Tu das."

Am liebsten würde er sich nie wieder bewegen. Vom Sonnenlicht waren seine Augen auch so müde geworden. Die Lider senkten sich unaufhaltsam hinab und verdunkelten alles.

5

Als Lukas die Augen wieder zögernd öffnete, wusste er im ersten Moment nicht, wo er sich befand. Er war wohl kurz mal eingenickt. Samira konnte er nirgends sehen, dafür aber drei sonderbare Männer, die da am Tisch standen und leise miteinander redeten. Der eine hatte einen durchtrainierten nackten Oberkörper, kurz geschnittenes Rasenhaar und schien ein paar Jahre älter zu sein als er. Die beiden anderen trugen alte khakifarbene Anglerhüte, die ihnen viel zu groß waren und bis zum Nacken reichten. Der ältere von ihnen sah asiatisch aus.

Was sind das denn für Typen?, dachte Lukas und machte sich durch das Qietschen des Bettes bemerkbar.

„Oh, du bist wach", sagte der Asiate auf Englisch und kam zu ihm, der Sportler folgte ihm. Der andere Hutträger bewegte sich nicht von der Stelle, verschränkte die Arme vor der Brust wie ein Türsteher und starrte ihn grimmig an.

„Hallo", grüßten ihn die beiden.

Lukas erwiderte nickend ihren Gruß. Als der mit dem komischen Hut sich kurz zu dem Dritten umdrehte, bemerkte er unterhalb seines Ohres etwas Grünes, das aussah wie ein winziges Blatt. „Wo ist denn Samira?"

„Die ist vor einer halben Stunde mit dem leeren Topf ins Dorf gegangen. Wir sollen dich schön grüßen."

„Wie lang hab ich denn geschlafen?" Er war enttäuscht, dass sich Samira einfach so fortgestohlen hatte. Ob sie doch noch sauer auf ihn war? Verdient hätte er es ja.

„Ungefähr eineinhalb Stunden", antwortete der mit dem nackten Oberkörper, ebenfalls auf Englisch. „Ich bin Joe, Samiras Ablösung. Das ist unser Doc. Und der da hinten ist vom Sicherheitsdienst."

Lukas fand das sehr merkwürdig und bedauerte, dass ihn diesmal keine nette hübsche junge Frau betreute. „Dann sind Sie der mit dem Funkgerät?"

Der Doc verneigte sich höflich. „Genau. Aber hier auf der Insel duzen wir uns alle."

„Gut. Ich heiße Lukas." Als der Asiate den Kopf gesenkt hatte, konnte er dieses kleine Blatt genauer sehen. Er war zwar botanisch nicht so bewandert, aber er glaubte, dass es sich um Efeu handelte.

„Mich nennen hier alle nur Doc. Wohl auch, weil mein chinesischer Vorname zu schwierig ist."

„Sind Sie ... Bist du Arzt?" Aus irgendeinem Grund wollte der anscheinend seinen Kopfbewuchs vor ihm verbergen. Genau wie der schweigsame Aufpasser da, der ihn regelrecht feindselig anstarrte.

„Jawohl. Allgemeinmediziner."

„Konntet ihr auf Teneriffa das Hotel und meine Freundin erreichen?"

„Wir haben es noch gar nicht versucht." Trotz der negativen Auskunft lächelte er so, als ob es eine gute Nachricht wäre.

„Was?", Lukas starrte ihn verblüfft an und richtete seinen Oberkörper auf. „Wieso? Warum das denn nicht?"

„Wir müssen uns hier erst rechtlich absichern, ehe wir nach außen Kontakt aufnehmen."

„Was soll das denn heißen?"

„Bevor du uns nicht eine offizielle Verschwiegenheitserklärung unterschrieben hast, können wir keine weiteren Schritte einleiten."

„Wie bitte?", Lukas blickte ratlos zu Joe, doch der zeigte keinerlei Regung. Der Sicherheitstyp nickte nur mehrmals hintereinander mit finsterer Miene. „Ein offizielles Schreiben hier in dieser zivilisationsfernen, technikfreien Wildnis?"

Der Doc verzog spöttisch den Mund. „Uns stehen schon sämtliche modernen Kommunikationsmittel zur Verfügung."

„Aber scheinbar nur in eurer sogenannten Hauptstadt", entgegnete Lukas etwas lauter. Ihm fiel ein, dass die beiden stark wirkenden Begleiter womöglich als Leibwächter dienen sollten, um diesen Hänfling vor Handgreiflichkeiten zu bewahren."

„Wir haben hier alles, was wir brauchen."

„Ein Handy mit Empfang wäre mir lieber."

„Damit kann ich nicht dienen. Aber ich habe das hier", er griff unter sein weites Hemd und präsentierte ein Walkie-Talkie.

„Oh, Hightech!", lästerte Lukas.

„Willst du nun, dass wir dir helfen oder nicht?"

„Natürlich. Ich will ja nicht hier in der Steinzeit bleiben."

„Dann solltest du dich aber kooperativer verhalten."

„Nach dem, was mir die netten Frauen so erzählt haben, dachte ich fast, das wäre hier so etwas wie ein Paradies, wo alle völlig frei und naturverbunden leben können."

„Für uns ist es auch so. Und damit es so bleibt, müssen wir uns vor äußeren Einflüssen schützen", sagte der Chinese, der andere Hutträger im Hintergrund nickte nur wieder.

„Und so etwas bin ich?"

„Ja. Du könntest sämtliche Geheimnisse unseres Lebens hier an die Sensationsmedien und die einschlägigen Internetplattformen verraten und eine Invasion auf unsere idyllische Insel damit auslösen. Das müssen wir unbedingt verhindern."

„Hört sich ja an, als ob das hier eine militärische Sperrzone ist."

„Sperrzone passt schon. Das hier ist Privatbesitz. Das unbefugte Betreten ist verboten."

„Auch für Schiffbrüchige, die hier mit letzter Kraft stranden?"

„Übertreib es nicht", entgegnete der Doc mit drohendem Unterton.

„Und was soll ich tun?", fragte Lukas ungehalten. „Was verlangt ihr von mir?“

„Zuerst brauche ich deinen Pass.“

„Hab ich nicht mehr. Mein Personalausweis steckte im Portmonee, genau wie mein Führerschein. Und das ging auch beim Sturz ins Wasser verloren, wie mein Handy. Aber ich habe den Erkennungschip hier drin“, Lukas umfasste die Hautfalte zwischen Daumen und Zeigefinger an seiner linken Hand.

„Der nutzt hier nichts.“

„Warum nicht?“

„Weil wir für so was kein Lesegerät haben.“

„Echt nicht?“

Der Doc schüttelte den Kopf. „Hier hat niemand so ein Implantat.“

„Das gibt’s doch nicht!“

„Du hast also keinerlei Dokument bei dir?“

„Nur dieses moderne hier unter der Haut“, er hielt die linke Hand hoch.

„Das gilt für uns nicht.“

Der Kerl vom Sicherheitsdienst runzelte bedrohlich die Stirn und sagte einige Sätze auf Spanisch zum Doc, der antwortete ebenso und zuckte mehrmals mit der Schulter, bevor er sich wieder auf Englisch an Lukas wandte: „Das ist sehr schlecht. Dann musst du mir deine Daten notieren. Da wir die dann aber erst überprüfen müssen, wird es noch länger dauern.“

„Mann, meine Freundin wird verrückt vor Sorge um mich!“, erwiderte Lukas verärgert. „Die muss doch annehmen, dass ich ertrunken bin.“

„Das tut mir leid, aber wir müssen darauf bestehen.“

„Kannst du mit dem Ding da“, Lukas zeigte auf das Walkie-Talkie, „nicht einfach mit der Polizei auf Teneriffa sprechen?“

„Dieses Gerät hat nur eine Reichweite von acht Kilometern. Damit komm ich von hier nicht mal bis Valverde.“

„Na toll!“

„Du musst mir deine Daten aufschreiben. Auch die Handynummer deiner Freundin.“

„Die hab ich nicht im Kopf.“

„Und die deiner Eltern?“

„Auch nicht.“

„Wie kann das sein?“

„Bei uns speichert man sämtliche Daten auf dem Handy. Und der Smart-Watch.“

„Und wo ist die?“

„Hatte ich ausnahmsweise nicht dabei.“

„Sehr clever und fortschrittlich“, der Doc zog eine abfällige Miene, ebenso wie der Wachmann.

„Da auf dem Tisch liegt ein kleiner Block und ein Kuli. Würdest du mir das mal geben, Joe?“

Der Angesprochene erwachte aus seiner Lethargie und reichte ihm wortlos die Sachen.

Lukas notierte alles und übergab den Zettel an den Doc. „Und wie geht’s jetzt weiter?“

„Ich sende das nach Valverde, die prüfen von dort bei der Deutschen Botschaft deine

Angaben und erstellen die Verschwiegenheitserklärung. Natürlich mit einer deutschen Übersetzung. Wenn alles klappt, kommt morgen unser Justiziar ins Dorf, und ihr beide unterzeichnet den Vertrag. Aber da heute Sonntag ist, könnte es auch noch einen Tag länger dauern."

„Hört sich an, als wenn ich ein Haus kaufen wollte."

„Es ist ein rechtlich einwandfreies Verfahren."

„Und vorher werdet ihr keinen Kontakt mit meiner Freundin aufnehmen?"

„Korrekt."

„Eigentlich habe ich nicht erwartet, dass hier die Paragrafen wichtiger sind als unbürokratische humanitäre Hilfe", stichelte Lukas.

„Wir sind zwar ein Teil der Natur, aber deshalb noch lange nicht naiv und weltfremd."

„Also ist euer Paradies doch nicht so harmonisch."

Der Sicherheitstyp warf ihm hasserfüllte Blicke zu, ließ seine Arme seitlich runter und ballte die Fäuste.

„Für uns schon." Der Doc befestigte das Walkie-Talkie wieder unter dem Hemd am Gürtel und suchte kurz den Blickkontakt mit Joe. „Um deine Unterschrift zu leisten, ist es aber notwendig, dass du dich so ab morgen Mittag im Dorf befindest. Das ist auf jeden Fall auch für alle Beteiligten am einfachsten."

Plötzlich übernahm auch Joe eine sprechende Rolle: „Samira hat uns berichtet, dass du den mühsamen Weg von hier zum Strand und wieder zurück ohne Probleme bewältigt hast. Die Strecke zum Dorf ist zwar weiter, aber dafür leichter. Du wirst das zweifellos schaffen. Außerdem begleite ich dich selbstverständlich."

„Da bin ich ja beruhigt", erwiderte Lukas schroffer als beabsichtigt.

Nach einigen Sekunden Schweigen sagte der Doc: „Gut. Dann machen wir uns mal wieder auf den Rückweg. Joe bleibt bis morgen bei dir und übernimmt deine Betreuung. Aber viel Hilfe brauchst du ja nicht mehr, wie ich sehen und erfahren konnte. Tschüss dann."

„Tschüss." Lukas kam sich zwar undankbar vor, brachte aber wegen seiner Enttäuschung nichts Lobenswertes heraus.

Der Doc machte eine Kopfbewegung zum Aufpasser hin und verschwand mit ihm zwischen den Büschen.

„Willst du was trinken?", fragte Joe.

„Gern." Lukas setzte sich auf die Bettkante. Als er das Auffüllen der Flasche beobachtete, fiel ihm auf, dass auf dem Tisch wieder ein tragbarer Topf stand, neben einem anderen gefüllten Stoffbeutel.

Joe reichte ihm das Wasser und setzte sich mit einigem Abstand ihm gegenüber. Lukas trank ausgiebig und ärgerte sich über das bescheuerte Verhalten dieser merkwürdigen Leute hier. Aber er hatte keine Wahl, er war absolut auf sie angewiesen. Er sollte jede Konfrontation mit denen vermeiden.

„Soll ich die Flasche wieder wegstellen?", erkundigte sich Joe dann.

„Ja. Danke. - Was war denn der unangenehme Typ im Hintergrund für einer? Der wirkte ja wie ein Rausschmeißer."

„Wir nennen sie Fallen."

„Wieso denn das?"

„Darf ich dir noch nicht sagen."

„Schon wieder ein Geheimnis?"

„Die sind hier für Sicherheit und Ordnung zuständig."

„Ich dachte, so etwas braucht ihr auf dieser Insel nicht."

„Der Meinung sind wir jüngeren eigentlich auch", er zog die Schultern hoch. „Wir mögen die nicht. Die sind vollkommen anders als wir."

„Inwiefern?"

„Wie gesagt: Kein Kommentar."

„Hat nur der Doc hier ein Walkie-Talkie?"

Joe nickte, als er wieder saß. „Und natürlich die Arzthelferin in seiner Praxis im Dorf."

„Aber warum? Es wär doch viel besser, wenn du zum Beispiel auch eins hättest und ihm damit Notfälle oder Hilfebedarf melden könntest."

„Das ist noch nicht vorgekommen."

„Wenn hier mehrere oder sogar alle ein Sprechfunkgerät hätten, könntet ihr alle jederzeit schnell miteinander Informationen austauschen."

„Das können wir auch, wenn wir uns treffen.“

„Aber eben nicht sofort. Dafür musst du erst
zwei Kilometer ins Dorf laufen.“

„Das macht nichts.“

„Na gut“, Lukas zuckte mit der Schulter und
akzeptierte, dass er ihm eine moderne Kommunikation nicht schmackhaft machen konnte.
„Ich finde es echt schlimm, dass die nicht mal
ohne vorherige Unterschrift meine Freundin
anrufen wollen. Die macht sich doch Sorgen.“

„Tja.“

„Kennst du eigentlich Handys?“

„Nur aus Erzählungen und vom Fernsehen.“

„Ihr habt hier Fernsehempfang?“

„Klar. Über Satellitenanlagen. Wir kriegen
hier unzählige Sender rein. Damit kann hier
wohl jeder seine Heimatsprache hören, wenn
er will“, Joe lächelte.

„Wo sind denn deine Wurzeln?“

„USA. Und du bist aus Deutschland, nicht
wahr?“

„Ja. Habt ihr hier viele von dort?“

„Eher nicht. Im Dorf wohnen nur zwei
deutschstämmige Familien.“

„Wie viele leben hier überhaupt auf der
Insel?“

„Knapp über viertausend.“

„So viele?“, staunte Lukas.

„Vor den Krisen des letzten Jahrhunderts
hatte El Hierro fast 11.000 Einwohner.“

„Und die sind alle nach und nach ausgewandert?"

„Ja. Erst kamen keine Touristen mehr. Dann gab es mehrere Dürreperioden, in denen die letzten Bauern aufgaben. Wasser war schon immer ein Problem auf dieser Insel, weil sie keine größeren Bäche hat, es gibt nur ein paar spärliche Quellen."

„Wie groß ist El Hierro?"

„Etwas über 260 Quadratkilometer."

„Und die Ausdehnungen?"

Joe verzog das Gesicht und kratzte sich am Kopf. „Bei den genauen Maßen bin ich ein bisschen überfragt. Die längste Diagonale ist wohl fast dreißig Kilometer. Da wo wir jetzt sind, ist die Breite so zehn Kilometer."

„Und wie ist die Landschaft so?"

„Du stellst ziemlich viele Fragen."

„Ist doch verständlich, oder?" Lukas hätte auch gerne gewusst, was der Doc und die Falle unter ihren drolligen Hüten versteckten. Aber das ließ er lieber.

„Nun, so quer über die Insel zieht sich die grüne Cumbre, von 1.4oo Meter bis auf 100 runter. Dort wachsen sehr andersartige Wald-formen, je nach Höhe."

„Was denn für welche?"

„Wir haben hier Kiefernwald, Wacholder-wald, Nebelwald und sogar urzeitlichen Dschungel mit riesigen Farnen. Und dann ha-ben wir noch einen ganz speziellen Wald."

„Hört sich interessant an."

„Man kann die Insel in drei unterschiedliche

Formen einteilen: die Hochebene mit schwachen Hügeln im Nordosten, das El Golfo-Tal im Nordwesten und eine abfallende Fläche im Südwesten. Die Küstenlinie besteht hauptsächlich aus steilen Klippen."

„Und was ist das El Golfo-Tal?"

Joe seufzte gequält. „Wie überall auf den Kanaren ist hier alles vulkanischen Ursprungs. Diese Insel ist die jüngste des Archipels, deshalb ist hier noch vieles ursprünglicher. Das El Golfo-Tal ist entstanden, als eine gewaltige Bergflanke ins Meer rutschte. Es hat dadurch eine halbrunde Form wie so ein Amphitheater. Nur dort gibt es flache Strände."

„Und wie weit weg ist das?"

„Wie gesagt", betonte er, „so ungefähr zehn Kilometer."

„Gibt es hier eigentlich Straßen und Autos?"

„Natürlich. Aber auch hier werden sämtliche Fahrzeuge elektrisch betrieben. Wegen der geringen Entfernungen werden aber die meisten Wege zu Fuß, mit dem E-Bike oder altmodischen Fahrrädern erledigt. Das ist ja auch viel gesünder."

„Stimmt." Lukas fand es beruhigend, dass diese skurrilen Inselbewohner nicht auf alle technischen Annehmlichkeiten verzichteten. „Du siehst aus, als ob du viel Sport treibst."

„Ja, mach ich", Joe grinste. „Meine Freundin meint, es wäre schon zu viel."

„Das ist auch die Ansicht meiner Freundin." Sofort sah er Iris vor sich, wie sie mit verweinten Augen durch die Gänge eines Polizeireviers irrte und nirgends Hilfe fand.

„Da haben wir uns womöglich die falschen Frauen ausgesucht."

„Man sagt ja immer, Gegensätze ziehen sich an."

„Da ist bestimmt was dran. Wenn beide sportlichen Ehrgeiz zeigen, kommt es womöglich zu Eifersüchteleien und Streit."

„Kann schon sein. Ich bin jedenfalls viel unternehmungslustiger als meine Freundin. Die kann den ganzen Tag am Pool liegen und lesen. Das ist mir zu langweilig." Aber gestern hätte er es lieber machen sollen.

„Und welche Sportarten betreibst du so?", fragte Joe.

„Keinen regelmäßigen Leistungssport wie du. Eher alle möglichen Sachen, die schnell und actionreich sind und Spaß machen."

„Zum Beispiel?"

„Surfen, Montainbike, Paragleiten, Wasserski, Kitesurfen und so weiter." Den Wasserscooter ließ er lieber aus. Die kamen ja hier nicht gut an. An Joes Schweigen und seiner Mimik konnte er so schon erkennen, was der von seinen Freizeitaktivitäten hielt.

Joe stand schließlich auf und reckte sich. „Ich will mal nach unserer Sonnenuhr gucken." Er ging in Richtung Strand.

Dem Glücklichen schlägt keine Stunde, fiel Lukas ein. Er erhob sich ebenfalls, um die öffentliche Toilette der Natur aufzusuchen.

6

Sie hatten ganz gemütlich zu Abend gegessen: einen leckeren veganen Gemüseeintopf mit Brot und als Nachtisch Aprikosen. Dabei erklärte ihm Joe die zahlreichen Nachteile des Fleischessens. Um ein Pfund Fleisch herzustellen, würde man die achtfache Menge an pflanzlichen Futtermitteln benötigen. Und von denen würden viele aus armen Ländern importiert, die ihre Bevölkerung nicht ausreichend ernähren könnten. Als Milch-, Eier- und Fleischkonsument fördere man also den Hunger in der Dritten Welt. Ganz zu schweigen vom Wasser- und Energieverbrauch und dem klimaschädlichen Methan durch die zig Millionen Tiere.

Lukas wollte Joe auch zu den pflanzlichen Genen ausfragen, wie zum Beispiel die von Samira angedeutete Sache mit dem Baum-Anteil, doch da antwortete er nur einsilbig und ausweichend, ohne eine Spur neuer Fakten.

Lukas ging davon aus, dass er vom Doc und diesem Sicherheitstypen zum Stillschweigen verpflichtet worden war. Wahrscheinlich würden Nele und Samira auch noch Ärger kriegen, weil sie ihm als Fremden so unbefangen schon zahlreiche Details verraten hatten.

Das einzige Thema, bei dem Joe aufblühte und richtig redselig wurde, war Sport in allen Variationen. Lukas fand das am Anfang noch recht unterhaltsam, nach einiger Zeit aber ziemlich ermüdend. Deshalb versuchte er einen Richtungswechsel und fragte ihn nach eventuellen Heiratsplänen.

„Nee", Joe schüttelte den Kopf, „heiraten wollen wir eigentlich beide nicht, aber eine feste Partnerschaft schon."

„Geht mir auch so."

„Und deine Freundin?"

„Die würde gerne heiraten und ein Kind haben." Der Gedanke an Iris ließ sein Herz schneller schlagen und engte seinen Brustkorb ein. Er musste aufstehen und sich bewegen und frische Luft inhalieren. Er wollte lieber alleine sein, falls ihm Tränen kamen.

„Was ist denn?", wollte Joe wissen, als er sich so abrupt erhob.

„Wenn ich an meine Freundin denke, drehe ich noch durch. Genau wie sie auf Teneriffa. Sie muss ja glauben, dass ich ertrunken bin. Ich muss mir mal die Beine vertreten und die Meeresbrise einatmen." Diesmal dachte er aber an seine Sandalen und zog sie an.

„Soll ich mitkommen?", Joe sah ihn besorgt an.

„Ist nicht nötig."

„Dann behalte ich dich von oben im Auge."

„Gut." Lukas gab sich Mühe, möglichst ganz normal zu gehen, obwohl es ihm zuerst ziemlich ungelenkig vorkam. Doch auf der Schräge funktionierte es schon erheblich besser. Bei den Ascheresten fragte er sich, ob die heute Nacht auch wieder so ein Lagerfeuer anzünden würden.

Schließlich stand er am schwarzfelsigen Strand und genoss den weiten Blick übers Meer. Als einziges Land konnte er links die Berge von La Gomera erkennen, die sich mal wieder hinter Wolken versteckten. Er atmete tief ein und aus und meinte sogleich die belebende Wirkung des Sauerstoffs zu merken. Die schon tief stehende Sonne befand sich rechts hinter ihm. Es würde wie so oft einen herrlichen Sonnenuntergang zum Fotografieren geben.

Mit einem Elektroboot ist die Strecke nach Gomera überhaupt kein Problem, fiel ihm ein. Ich muss Joe mal aushorchen, ob nicht einer aus dem Dorf hier irgendwo sein Boot geparkt hat.

Er musste weg von hier. Er traute diesen Pflanzenmenschen nicht. Bis auf Nele und Samira. Die anderen wollten mit Fremden nichts zu tun haben. Sie betrachteten sich hier als eine andere, bessere Welt, als einen Biotop inmitten all der Technik und Umweltschädigung.

Lukas schaute sehnsüchtig nach La Gomera, das gar nicht so weit weg lag, aber trotzdem für ihn ohne Boot unerreichbar war. Er stand hier einsam aber lebendig am Strand, und nur ungefähr hundert Kilometer entfernt auf Teneriffa lief Iris vermutlich Amok und hielt ihn für tot.

„Was für ein Boot?", fragte Joe stirnrunzelnd. Sie saßen sich wieder gegenüber.

„Na, so ein Elektroboot. Hat nicht einer aus dem Dorf hier eins vertäut?"

„Nein. An diesem Küstenabschnitt kannst du nicht mit einem Boot anlanden. Außerdem gibt es hier keinen Strom fürs Aufladen."

„Schade."

„Valverde hat einen Hafen."

„Und Fischerboote?"

„Die gibt's nicht, weil wir nichts Tierisches essen."

„Ach, ja."

„Aber einige Leute haben Boote, die in der geschützten Bucht von El Golfo liegen. Manche ernten auch Algen und Seetang aus dem Meer."

„Und das ist zehn Kilometer weg, nicht wahr?"

„Richtig." Joe beäugte ihn argwöhnisch. „Du wirst doch keine Dummheiten machen und dorthin wollen?"

„Nein", Lukas schüttelte den Kopf. „Würde ich zu Fuß ja auch nicht schaffen."

„Genau. Vertrau unseren Leuten, die werden dir auf jeden Fall helfen."

„Aber das dauert so lange. Die Ungewissheit über mein Schicksal wird meine Freundin nervlich fertigmachen. Die ist nicht so stark."

Joe klopfte Lukas auf ein Knie. „Ich verstehe ja, dass du dir Sorgen machst, aber das wird alles wieder gut."

„Gibt es eigentlich eine regelmäßige Schiffs-
verbindung mit Valverde?"

„Nur einmal pro Woche das Postschiff."

Hört sich an wie vor 300 Jahren, dachte
Lukas.„Nehmen die auch Passagiere mit?"

„Nur in Ausnahmefällen."

„Aber so einer bin ich doch", Lukas zog eine
Grimasse.

„Das geht nicht ohne Pass und ohne Geneh-
migung."

„Es kommen doch bestimmt auch andere
Schiffe in den Hafen."

„Nur in gewissen Abständen mit Frachtgut.
Aber nichts für Passagiere. Wir sind hier im
Großen und Ganzen Selbstversorger. Nur Maschinen, Baustoffe, Solar-Ausrüstung, Klinik-
bedarf, Geräte und ähnliches wird per Schiff
angeliefert."

„Was hast du denn für einen Beruf? Als was
arbeitest du? - Oder muss man hier gar nicht
arbeiten?"

„Doch, muss man. Ich bin Mechaniker für
Solaranlagen."

„Das ist ja was richtig Technisches!", entfuhr es Lukas, und beide grinsten.

„Stimmt. Und als Ausgleich arbeite ich bei
Bedarf als Erntehelfer."

„Dann hast du ja sogar zwei Jobs."

„Wir müssen alle neben unserer beruflichen
Tätigkeit auch immer etwas für die Allgemeinheit leisten."

„Ohne Geld?"

„Ja. Und was machst du?", fragte Joe.

„Onlinemarketing."

„Also Werbung im Internet?"

Lukas nickte, obwohl er diese Bezeichnung zu anspruchslos fand. „Aber das ist hier wohl nicht sehr gefragt."

„Richtig."

„Hast du solche Onlineseiten schon mal gesehen?"

„Ist schon lange her. Bei meinem Onkel in Valverde."

„Das heißt, ihr könnt euch auch etwas aus dem Internet hierher liefern lassen?"

„Na klar. Es dauert nur etwas."

„Hm." Dann sind diese Grasköpfe ja doch nicht so komplett rückständig, dachte Lukas.

„Wir kriegen hier alles, was wir brauchen. Aber vieles wollen wir eben nicht."

„Das hab ich inzwischen verstanden."

„Gut." Joe erhob sich. „Ich muss mal."

Als er nach einer ganzen Weile wiederkam, hatte er ein T-Shirt übergezogen und reichte Lukas sein Hemd, das er seit gestern nicht mehr gesehen hatte. „Hier. Jetzt wo die Sonne weg ist, kann es kühler werden."

„Danke." Er stand auf und zog es an. Es roch wie frisch gewaschen. Aber das konnte ja wohl nicht sein.

„Kannst du Schach spielen? Wir haben hier ein Brett und Figuren."

„Nein."

„Schade", Joe zuckte mit der Schulter. „Wär ein guter Zeitvertreib."

„Tut mir leid."

„Macht nichts."

„Wird heute wieder ein Lagerfeuer angezündet?"

Joe schüttelte den Kopf. „Das gibt's nur samstags. Dann treffen sich hier die jungen Leute, trinken Rotwein, singen zur Gitarre und amüsieren sich."

„Warst du gestern auch dabei?"

„Nein. Gestern war es eine reine Frauenrunde. Meine Freundin machte da auch mit. Auch beim Schleppen von dir."

Lukas verneigte sich. „Dann muss ich mich noch bei ihr bedanken."

„Vielleicht siehst du sie im Dorf. Bei ihr wächst Klee auf dem Kopf."

„Echt?"

„Ja. Kommt hier selten vor. Sie ist aber auch oft im Jugend-Haus bei ihren Freundinnen."

„Hat euer Dorf eigentlich keinen Namen?"

„Doch. Es heißt Isidro. Aber wir sagen meistens nur Dorf, weil es hier in der Nähe kein anderes gibt."

„Verkauft ihr eure Agrarprodukte auch nach außerhalb?"

„Nein. Das ist alles nur zum Eigenbedarf."

Lukas setzte sich wieder auf die Bettkante, Joe blieb mit verschränkten Armen stehen. Zum Strand hin war es bereits dämmrig.

„Macht ihr hier auch selber Wein?"

„Ja. Aber nur eine Sorte. Einen Rotwein.“

„Werden auf der Insel Kartoffeln angebaut?“

„Ja. Diese typisch kanarischen Knollen, die man mit Schale isst.“

„Und Getreide?“

„Da haben wir Hafer, Roggen, Buchweizen und Dinkel.“

„Bei Obst und Gemüse habt ihr hier ja bestimmt unzählige Sorten.“

„Stimmt.“ Joe seufzte und verzog das Gesicht. „Lukas, sei mir nicht böse, aber ich habe jetzt keine Lust mehr auf dieses Frage-Antwort-Spiel.“

„Oh, entschuldige. Ich bin halt neugierig auf eure außergewöhnliche Lebensgemeinschaft hier.“

„Verstehe ich ja. Aber ich bin eben nicht der Interview-Typ“, Joe lächelte entschuldigend.

„Alles klar. Kein Problem.“

„Soll ich dir ein paar Bücher bringen? Oder ein Tablet, auf dem du Spiele machen kannst?“

„Nein, danke. Mich überkommt schon wieder die Müdigkeit.“ Lukas gähnte hinter vorgehaltener Hand.

„Dann solltest du schlafen und dich erholen. Ich bringe dir nachher eine Decke für die Nacht. Wenn etwas ist, brauchst du nur laut zu rufen. Ich bin nur wenige Meter entfernt. Da stehen noch drei einfache Liegen. Ich werde mit dem Schachcomputer spielen, obwohl ich meistens gegen den verliere. Aber vorher fülle ich dir deine Flasche auf.“

„Vielen Dank.“

Es war dunkel, aber durch das Mondlicht konnte Lukas die Umgebung einigermaßen erkennen. Er lag ausgestreckt auf dem Feldbett und hatte die Hände hinter dem Kopf. In der Nähe zirpte es ausdauernd. Sonst hörte er nur das Rauschen der Brandung. Joe wollte bestimmt keine weiteren Fragen mehr beantworten, weil der Doc das so angeordnet hatte. Bevor er diese komische Erklärung nicht unterschrieben hatte, würden die Bewohner hier überwiegend wortkarg bleiben. Aber Hauptsache, sie nahmen Kontakt mit Teneriffa auf und informierten Iris.

Was die wohl jetzt gerade macht?, überlegte Lukas. Ob sie noch auf dem Balkon sitzt? Zum Lesen hat sie garantiert keine Ruhe. Wahrscheinlich hält sie abends eine Standleitung mit ihren Eltern, um mit ihnen alles zu beratschlagen und sich von ihnen trösten zu lassen.

Bevor sie mit Lukas eine gemeinsame Wohnung bezog, wurde Iris von ihren Eltern nach seiner Meinung überbehütet. Sie nahmen ihr sämtliche Unannehmlichkeiten und schwierigen Entscheidungen ab. Iris hatte sich das gerne gefallen lassen und das unbesorgte Leben einer verwöhnten Tochter genossen.

Als sie dann zusammenlebten, hatte es zahlreiche Streitereien zwischen dem neuen Paar gegeben, weil Lukas sich gegen jegliche

Einmischung ihrer Eltern wehrte, was die und Iris nur als harmlose Ratschläge bezeichneten. Um jeden Ärger zu vermeiden, besuchte Iris ihre Eltern meistens alleine, außer zu Weihnachten und an den Geburtstagen.

So gesehen sind die jetzigen häufigen Gespräche mit ihrer hilflosen Tochter bestimmt ein Triumph für die beiden, dachte Lukas und schämte sich sofort dafür. Iris kann nun wahrlich jede Anteilnahme und Unterstützung gebrauchen.

Von seiner Mutter konnte sie nicht so viele Gefühlsregungen erwarten, die lange Krankheit hatte sie inzwischen distanzierter und etwas egoistisch werden lassen. Sie würde sich selbstverständlich bei Iris täglich nach Neuigkeiten erkundigen, aber ihr Interesse galt vorrangig dem Schicksal ihres Sohnes und nicht der Gemütsverfassung seiner Freundin.

Lukas drehte sich auf die Seite. Die Decke lag noch auf dem Hocker, weil ihm bis jetzt nicht kalt war. Das Zirpen erschien ihm genauso unermüdlich wie die Brandung. Er schloss die Augen und versuchte an nichts zu denken.

Zweiter Tag: Montag

7

Nach einem Frühstück mit Bananen, Feigen, Brot und Wasser machten sich die beiden auf den Weg. Joe trug einen alten Rucksack und den Henkeltopf, Lukas den Stoffbeutel mit dem Geschirr und den leeren Wasserkanister.

„Wir können ganz gemütlich gehen", sagte Joe. „Wir haben jede Menge Zeit. Hier am Anfang ist es noch eng, da müssen wir hintereinander bleiben, aber später wird der Weg breiter."

„Gut." Lukas fühlte sich stark und war auf alles gespannt, was dieser Tag bringen würde.

Nach wenigen Metern betraten sie einen Urwald mit unzähligen Grüntönen und riesigen Farnen. Nicht nur die Baumstämme waren voller Moose und Flechten, sie hingen auch in langen Strähnen von den Ästen herab. Der Trampelpfad war so schmal, dass ihre Schultern Büsche, Stauden und Zweige streiften. Weiter hinten reckten sich mehrere Palmen über die anderen Bäume. Lukas drehte den Kopf begeistert hin und her und bestaunte die Pflanzenvielfalt, als Farbtupfer entdeckte er auch weiße und rote Blüten. Leider verließen sie nach kurzer Zeit diese üppige grüne Pracht und kamen auf eine Art Heidelandschaft mit vereinzelten hohen Wacholderbäumen.

„Schade", sagte Lukas. „Das war ja der

reinste Dschungel."

„Davon haben wir hier noch mehr", erwiderte Joe.

„Echt?"

„Ja. Sogar einen richtigen Nebelwald."

„Würde ich mir gerne mal ansehen."

„Vielleicht schaffst du das ja noch", sagte Joe.

Das Gelände stieg jetzt etwas an, in weiter Entfernung erhob sich die Hochebene. Links von ihnen sah man die schräge Abbruchkante dieses früheren Bergrutsches, der jetzige Gipfel ragte hinter ihnen empor. Die beiden Männer gingen nun nebeneinander auf einem erkennbaren Weg. Lukas bemühte sich, nicht zu auffällig zu schnaufen. Ihm wurde rasch warm, und er knöpfte sein Hemd ganz auf, der angenehme Wind trocknete seinen Schweiß.

Von einer Stelle mit einer guten Aussicht sah Lukas eine breitere Straße, die sich durchs Grün schlängelte. Er zeigte darauf und fragte spöttisch: „Ist das eure Autobahn?"

„Für uns schon. Das ist unsere Hauptstraße, die direkt nach Valverde führt."

„Hat aber zu viel Kurven, um richtig schnell zu fahren."

„Das wollen wir ja auch nicht."

„Natürlich", betonte Lukas gedehnt.

Die Vegetation wechselte noch mehrmals ihr Aussehen, es gab brauntrockene Grasflächen, eine spärlich bewachsene Geröllhalde, aufgelockerten Kiefernwald und eine Bananenplantage.

Schließlich tauchte etwas abseits eine riesige senkrechte Plane auf, die wie eine gigantische Filmleinwand aussah.

„Was ist das denn?", erkundigte sich Lukas.

„Ein Wassersegel. Davon gibt es viele auf der Insel. Die meisten allerdings auf der El Golfo-Seite, weil dort die Passatwolken intensiver ankommen."

„Damit wird Feuchtigkeit aus der Luft gefangen?"

„Genau", Joe nickte. „Ich hab dir doch erzählt, dass Wasser schon immer ein Problem auf El Hierro war."

„Ja."

„Diese Wassersegel funktionieren so wie ein Nebelwald, wo die Tautropfen sich an den Bäumen sammeln. Hier bleibt der Dunst am Segeltuch hängen, kondensiert und rinnt herunter in ein abgedecktes Becken. Von dort wird das Wasser ins Dorf geleitet."

„Genial", staunte Lukas. „Eine Zisterne, die nicht vom Regen, sondern vom Wasserdampf gefüllt wird."

„Richtig. Dieses Verfahren wurde hier bereits vor 2.000 Jahren von den Ureinwohnern praktiziert, den Bimbaches. Nur war es bei denen kein Segel, sondern ein heiliger Baum, den sie Garoé nannten. Dabei handelte es sich um einen Stinklorbeer, er hat einen freien Stamm und in der Höhe ein ausladendes Blätterdach, in dem diese Nebelkondensation stattfindet, Wasser herunter tropft und aufgefangen werden kann. So ein Garoé stand auf etwa 1.ooo Meter Höhe, hatte unten um den Stamm eine Vertiefung zum Wassersammeln und sah dadurch aus wie ein Brunnen. Eben ein Wasserspender."

„Gibt es solche Bäume hier noch?"

„Nicht mehr so einen hergerichteten Garoé. Nur noch den normalen Stinklorbeer."

„Sehr interessant." Lukas war angenehm überrascht, wie viele Informationen er von Joe bekommen hatte. Und dazu noch ungefragt. Womöglich war er doch nicht so mundfaul.

„Dieser heilige Baum war historisch sehr bedeutsam und wurde deshalb auch in das Wappen von El Hierro aufgenommen."

Mittlerweile konnte man schon die höheren Häuser des Dorfes erkennen, aber keinen Kirchturm. Sie gingen zwischen Obstbäumen entlang, hinter einer Brombeerhecke lag ein kleines Maisfeld.

„Wir werden dich in unserem Jugend-Haus unterbringen", sagte Joe. „Das ist eine Gemeinschaftsunterkunft für 16- bis 25-Jährige, wo jede Person ein einzelnes Zimmer hat, die Sanitär-, Küchen- und Essensräume aber von allen benutzt und sauber gehalten werden. Natürlich gibt es dafür einen Dienstplan, genauso wie fürs Kochen, Geschirrspülen und Waschen."

„Wie eine Jugendherberge. Die gab's früher mal bei uns. Aber vor meiner Zeit."

„Es ist eine selbst organisierte Wohnge-meinschaft für junge Leute, die nicht mehr im Elternhaus wohnen, sondern ein etwas freieres, anderes Leben unter ihresgleichen führen wollen, bevor sie selbst eine Familie gründen.“

„Gute Einrichtung.“

„Wie alt bist du?“

„25. Da hab ich wohl gerade noch mal Glück gehabt?“, Lukas kniff belustigt ein Auge zu.

„Na ja, so streng sehen wir das nicht. Da wird keiner am Stichtag rausgeschmissen. Auf jeden Fall gibt es dort ein paar Besucher-zimmer zum Probewohnen, und eins davon bekommst du.“

„Prima.“

Sie erreichten die ersten Rückseiten der Grundstücke, alle Häuser hatten einen großen, abwechslungsreich bepflanzten Gemüsegarten, auf Kleeflächen waren Leinen gespannt, an denen die Wäsche trocknete. Joe grüßte die wenigen grünköpfigen Leute, an denen sie vorbeikamen, die erwiderten seinen Gruß und musterten Lukas.

„Viel Fremde kommen wohl nicht hierher, stimmts?“ Er knöpfte sein Hemd wieder zu.

Joe musste lachen. „Ja. Merkt man das?“

„Die sehen mich an wie einen Exoten.“

„Das ist meistens so, wenn man auf Menschen trifft, die anders aussehen. Du hast immerhin echtes Haar und kein Gras auf dem Kopf.“

„Stimmt.“

Sie kamen auf eine richtige Straße, die mit flachen Kalksteinen gepflastert war. Die Häuser standen mit großem Abstand nebeneinander. Auf sämtlichen Dächern waren Sonnenkollektoren und Photovoltaik-Anlagen montiert, außerdem noch Satellitenschüsseln.

Kleine grünlockige Kinder rannten spielend umher. Zwei Frauen standen vor einem Hauseingang, hoben die Hand zum Gruß und unterhielten sich weiter. Die jüngere hatte langes Grashaar und war schwanger, der Kopf der älteren war von Clematis mit violetten Blüten umwunden, die ihr in einem Strang bis zur Schulter reichten.

„Wie kann man denn mit diesem lebenden Kopfschmuck überhaupt schlafen und die täglichen Arbeiten verrichten?“, erkundigte sich Lukas.

„Kein Problem. Alles eine Sache der Übung. Die Schönheit muss einem natürlich schon einiges wert sein.“

Nun gelangten sie auf eine breitere Straße, die sogar asphaltiert war. Am Rand parkten tatsächlich zwei Autos mit ungewöhnlichen Kennzeichen.

„Oh, jetzt wird's aber modern“, entfuhr es Lukas.

„Das ist unsere Hauptstraße.“

„Dachte ich mir. Können die Wagen auch fahren?“

„Selbstverständlich“, antwortete Joe amüsiert. „Alles elektrisch.“

Nach wenigen Schritten bogen sie links ab in einen Schotterweg. Das Jugend-Haus war erheblich größer als die Gebäude, die Lukas bis jetzt gesehen hatte. Als sie es betraten, mussten sie sich an einer Wand entlang drücken, weil der Eingangsbereich gerade von einer Grünhaarigen und einem Kahlköpfigen gewischt wurde, beide im Teenageralter. Sie grüßten sich gegenseitig. Der mit der Glatze warnte sie scherzhaft, ja keine Fußspuren zu hinterlassen.

Im anschließenden Flur erkundigte sich Lukas leise, warum der junge Mann komplett kahlgeschoren sei.

„Das ist Marcel“, sagte Joe. „Er ist 17 Jahre und etwas rebellisch. Er lehnt jegliches Pflanzenwachstum an sich ab und hält seinen Kopf absolut grasfrei.“

„Ein Rebell mit Scheuerlappen und Schrubber?“

„Hier muss jeder ran.“ Joe hielt ihm eine Tür auf. „Das ist der Aufenthaltsraum.“

Lukas ging rein und sah sich um. Es gab Tische mit Stühlen ringsum, volle Regale, einen riesigen Fernseher, Sessel und Sofas. Von einem sprang jetzt Samira auf, legte ihr E-Book ab, stürmte ihm entgegen und umarmte ihn herzlich.

„Da bist du ja schon“, sie strahlte ihn an mit ihren glänzenden dunklen Augen.

Lukas freute sich über das Wiedersehen.

„Ich habe dich vermisst", sagte er spontan, bevor ihm einfiel, dass es womöglich unpassend war.

„Das ist schön." Ihre Wangen schienen kurz aufzuglühen. „Wie hast du die Strecke geschafft?"

Du bist schön, dachte Lukas und antwortete: „Hat sehr gut geklappt."

„Ich störe euch ja nur ungern", sagte Joe, „aber ich möchte jetzt nach Hause und duschen." Er überreichte Samira den tragbaren Topf. „Bringst du den bitte in die Küche? Und was Lukas hat auch?"

„Natürlich."

„Du zeigst ihm ja dann sein Zimmer und weist ihn ein, nicht wahr?"

„Mach ich."

Lukas konnte seinen Blick gar nicht von Samira abwenden und stellte sich wunderbare Sachen vor, in die sie ihn einweisen würde.

„Dann hau ich ab. Bis dann", Joe hob die Hand.

„Und vielen Dank für alles", Lukas nickte ihm zu.

„Gern geschehen."

Als Joe weg war, wirkte Samira einen Moment verlegen, ehe sie sich gefangen hatte. „Dann bringen wir erst mal den ganzen Kram in die Küche. Anschließend zeige ich dir dein Zimmer und die Gemeinschaftsräume. Du willst doch bestimmt auch duschen?"

„Wär nicht schlecht", sagte er und dachte:

Am liebsten mit dir zusammen.

Es klopfte an seiner Tür. Lukas schwang sich vom Bett und rief: „Come in!"

Nele kam feixend ins Zimmer und sagte auf Deutsch: „Ich bin's nur. Sei nicht zu enttäuscht, aber Samira muss ihre Großeltern versorgen."

Lukas befürchtete rot zu werden. „Sind die krank oder pflegebedürftig?"

Nele schwenkte den Kopf hin und her. „Ja und nein." Sie trug ein enges blaues Top und einen kurzen Rock. „Es ist so wie bei meinen Großeltern. Sie sind nicht mehr mobil, weil sie ihren Platz eingenommen haben."

„Was bedeutet das denn?"

„Tja", sie zog ein gequältes Gesicht, „das dürfen wir dir erst verraten und zeigen, wenn du diese Erklärung unterschrieben hast. Dieser Rechtsanwalt kommt doch heute hierher, oder?"

„Ja", er runzelte die Stirn. „Aber nur, wenn die Deutsche Botschaft meine Identität bestätigen konnte. Da habt ihr hier echt eine tolle freie Gesellschaft."

„Das muss eben sein. So", Nele zwinkerte ihm zu, „ich wollte dich zum Mittagessen abholen."

Als Lukas wortlos an ihr vorbeiging, rümpfte sie die Nase und sagte: „Oh, du duftest ja so ... feminin."

Trotz seines Unmuts musste er lachen. „Das

ist das Duschzeug von Samira. Als ich hierein kam, lagen zwar netterweise T-Shirts, Unterhosen und eine Shorts auf dem Bett, aber nichts zum Duschen. Da hat sie mir ihrs geborgt."

„Aha." Nele deutete auf seine Klamotten, die er in eine Ecke gelegt hatte. „Die werden wir nach dem Essen gleich in die Waschmaschine stecken. Und dann besorg ich dir noch Rasierzeug und Männer-Duschgel."

„Gut."

Sie schloss die Tür und führte ihn in den Speiseraum. Dort waren zwei 6er-Tische besetzt, die beiden anderen nicht. Geschirr klapperte, und es wurde sich angeregt unterhalten.

Nele klatschte in die Hände und verkündete laut auf Englisch: „Hallo! Alle mal herhören! Das ist Lukas aus Deutschland. Ihr habt ja bestimmt schon von ihm gehört. Er bleibt so lange bei uns, bis wir seine Rückkehr organisiert haben."

Grußworte wurden gerufen, Besteck an Gläser geschlagen oder auf den Tisch geklopft. Nele zeigte Lukas seinen Platz und setzte sich neben ihn. Ein Stirnseiten-Stuhl war frei, wahrscheinlich saß Samira sonst dort. Nele stellte kurz die mit am Tisch sitzenden Personen vor: Ihm gegenüber befand sich Ludmilla, deren Kopf von einer Kletterpflanze mit kleinen weißen Blüten umrankt war. An ihrer Seite schaufelte sich Jean sein Essen rein, dessen Grashaar einen modischen Schnitt hatte. An der anderen Stirnseite saß Bruce, ein Schwarzer mit perfektem Moos auf dem Kopf.

„Dann mal guten Appetit", wünschte Nele und wies auf die Schüsseln mit verschiedenen Speisen hin.

„Danke gleichfalls." Lukas hatte richtig Hunger und zog eine Schüssel mit braunem Inhalt zu sich. „Ist das Chili con carne?"

„Ja", Bruce nickte, „aber ohne carne."

Die anderen grinsten und kicherten.

„Macht nichts." Lukas nahm zwei Kellen davon und dazu Reis. Es schmeckte vorzüglich. Beim Kauen betrachtete er den anderen Tisch, an dem sich anscheinend die jüngeren Bewohner befanden. Er erkannte den kahlköpfigen Marcel und seine Putzpartnerin, die restlichen drei schienen auch in ihrem Alter zu sein.

In einer Gesprächspause am Tisch sagte Lukas: „Da habt ihr hier aber ein großzügiges Haus für euch."

„Das ist nicht nur für die Jugend", erwiderte Ludmilla mit russischem Akzent. „Besonders der Aufenthaltsraum wird auch für Dorfversammlungen benutzt. Und hier im Speiseraum kann man seine privaten Feiern abhalten."

„Wo gibt es denn hier Schulen?" Lukas schielte zu ihren Blüten und nahm sich Nachschlag.

„Die ersten zwei Klassen werden hier im Dorf unterrichtet", antwortete Nele. „Danach werden die Kinder mit dem Bus nach Valverde gefahren.“

„Gibt es da auch so etwas wie ein Gymnasium?“

„Natürlich“, sagte Nele auf Deutsch und wiederholte es nach einem Kopfschütteln auf Englisch.

„Wieso sind denn die Schulpflichtigen jetzt hier?“, Lukas machte eine Kopfbewegung in ihre Richtung.

„Ferien“, klärte Ludmilla ihn auf.

„Und heute kommt Cyrus hierher?“, fragte Bruce.

„Wer ist das?“, wollte Lukas wissen.

„Dieser Ober-Rechtsanwalt“, erklärte ihm Nele.

„Ach, der. Ja, der soll diese merkwürdige Erklärung zum Unterzeichnen bringen. Wenn alle Vorbedingungen erfüllt sind. Vorher kann man mir angeblich nicht helfen.“

Einen Moment herrschte ein unangenehmes Schweigen am Tisch.

„Bist du die ganze Strecke von Gomera bis hierher geschwommen?“, erkundigte sich Jean mit französischem Akzent.

„Nein. Ein ganzes Stück hing ich nur auf dem umgekippten Wasserscooter und hab mich von der starken Strömung treiben lassen. Dann ist das Ding leider untergegangen.“

„Macht das Spaß, mit so einem Flitzer übers Wasser zu jagen?“, fragte Bruce.

„Mir schon. Und vielen anderen auch.“ Lukas musste sich zwingen, nicht so auf seinen moosigen Kopf zu glotzen.

„In Filmen hab ich die schon in Aktion gesehen", sagte Bruce.

„Haben wir wohl alle", fügte Ludmilla hinzu.

„Trotzdem sind diese Dinger überflüssig und extrem gefährlich für Meeressäuger", sagte Nele.

„Natürlich", stimmte Bruce zu.

An dem Tisch mit den Teenagern erhoben sich alle mit geräuschvollem Stühlerücken. Marcel schlenderte mit zwei Frauen aus dem Raum. Die zwei Übriggebliebenen stellten das Geschirr zusammen.

„Ich kann auch den Tischdienst übernehmen", bot Lukas an und fühlte sich gut gesättigt.

„Wirst du auch müssen", entgegnete Nele schadenfroh. „Aber heute hast du noch Schonfrist. Ich glaube, du bist für morgen Mittag eingeteilt."

Dann bin ich hoffentlich gar nicht mehr hier, dachte Lukas. „Wo hängt denn der Plan?" Er goss sich Wasser ein und überlegte beim Trinken, ob es eine besondere Auszeichnung war, statt Gras etwas Blühendes oder Moos auf dem Kopf zu haben.

„Da, am Eingang zur Küche", Nele zeigte mit ausgestrecktem Arm dorthin.

8

Später klopfte es erneut an der Tür. Bevor Lukas etwas sagen konnte, wurde sie schon geöffnet, und der Doc trat grüßend ein. Er trug wieder diesen albernen Anglerhut und schloss die Tür.

„Ich dachte, du bringst diesen Anwalt mit", wunderte sich Lukas.

„Der kommt heute nicht."

„Was? Wieso?"

„Kann ich mich setzen?"

„Klar", Lukas zeigte auf den einzigen Stuhl, er saß auf der Bettkante. „Was soll denn der Mist?"

„Reg dich bitte nicht gleich wieder auf", er nahm Platz und sah sich um.

„Du hast leicht reden. Ich sitze schließlich hier fest und kann absolut nichts unternehmen. Warum kommt der Typ nicht?"

„Deine Legitimation hat gestern erheblich länger gedauert, deshalb wird die Verschwiegenheitserklärung jetzt gerade ins Deutsche übersetzt und ist erst heute Abend fertig."

„Aber du hast mir versprochen, dass der heute kommt."

„Das habe ich nicht", betonte der Doc, bei dem sich diesmal nichts Grünes unter dem Hut hervorschlängelte. „Ich habe gestern gesagt, wenn alles klappt, kommt morgen der Justiziar ins Dorf. Nun, das hat es nicht."

„Verdammt!", Lukas erhob sich wütend und

wäre gerne ein paar Schritte gegangen, um Dampf abzulassen. „So eine Scheiße!“ Aber im Zimmer gab es dafür keinen Platz, also ließ er sich erbost wieder aufs Bett nieder. „Dann habe ich ja wieder einen ganzen Tag verloren. Und meine Freundin auf Teneriffa erst recht. Die wird doch schon sämtliche Hoffnung aufgegeben haben.“

„Tut mir leid.“

„Wirklich?“, Lukas starrte ihn feindselig an. Es fiel ihm schwer, sich zu beherrschen. Besonders im Sitzen, wo man keine Energie loswerden konnte. „Können wir draußen ein paar Schritte gehen? Ich muss hier raus und Luft kriegen und mich bewegen.“

Der Doc fixierte ihn eindringlich, stand dann auf und sagte: „Ich hab nichts dagegen. Wenn es zu deiner Beruhigung beiträgt.“

„Das wird es“, Lukas sprang auf und verließ als erster das Zimmer. Der Doc folgte ihm, anscheinend extra provozierend langsam, was ihn noch mehr ärgerte. Draußen vor dem Eingang lief er im Kreis, schwenkte die Arme, atmete heftig und fluchte vor sich hin.

Der Doc hatte sich einige Meter weg hingestellt und beobachtete ihn. Als er bemerkte, dass das Lukas nicht gerade besänftigte, drehte er sich um und schlenderte in Richtung eines Obsthaines.

Nach nicht mal zehn Minuten hatte Lukas ihn eingeholt und ging in seinem Tempo neben ihm her. „Entschuldigung“, sagte er kleinlaut.

„Schon gut.“

„Ich kann mich manchmal nicht so beherrschen.“

„Hab ich schon bemerkt.“

„Ich wollte nicht so ausrasten. Aber ich bin
total verzweifelt. Doch Streitereien bringen
mich auch nicht voran.“

„Das sehe ich auch so.“

„Wie geht's jetzt weiter?“

„Unser Justiziar wird morgen hierherkom-
men und mit dir die Vereinbarung unterschreiben.“

„Dieser Cyrus?“

„Oh, du kennst schon seinen Namen?“,
staunte der Doc.

„Ja. Hat beim Essen einer genannt.“

„Nun, nach der Unterzeichnung fährt er
wieder nach Valverde zurück und nimmt Kontakt mit Teneriffa auf.“

„Was schätzt du, wann ich wieder dahin
komme? Und wie?“

„Das weiß ich nicht. Da will ich dir keine
falschen Hoffnungen machen. Das liegt außerhalb meines Einflussbereichs.“

„Verstehe“, mit einem hörbaren Schnaufen
stieß Lukas alle Enttäuschung aus seiner
Nase.

Bevor sie die ersten Obstbäume erreichten,
blieb der Doc stehen und meinte, er müsse
jetzt wieder in seine Praxis zurück. Sie verab-
schiedeten sich ruhig, und Lukas ging weiter.

Am Nachmittag saßen Lukas und Samira auf einer Bank mit Blick zum höchsten Gipfel der Insel. Auch sie hatte jegliche Auskünfte über ihre Großeltern mit den gleichen Argumenten wie Nele abgelehnt. Dann hatte ihr Lukas seinen Kummer geschildert, heute wieder einen Tag verloren zu haben, ohne dass seine Freundin ein Lebenszeichen von ihm bekam.

„Aber morgen kommt Cyrus ganz bestimmt", versuchte Samira ihn aufzumuntern.

„Hoffentlich. - Kennst du den näher?"

„Das nicht. Aber er kommt ein paar Mal im Jahr hierher, wenn es um juristische Angelegenheiten geht. Also Sorgerechtssachen, Erbschaften, Adoptionen, Hauskäufe, Scheidungen und so weiter. Aber er vertritt die Stiftung auch außerhalb und reist viel in der Welt herum."

„Auch mit Pflanzen auf dem Kopf?"

Samira lachte auf. „Nein. Er hat eine Glatze und trägt eine Perücke, wenn er woanders geschäftlich unterwegs ist."

„Und was ist das für eine Stiftung?"

„Sie heißt Homo herba. Dr. Austin, der El Hierro von Spanien abgekauft und diese Kolonie gegründet hat, überführte das ganze Kapital seines milliardenschweren Imperiums in eine Stiftung, um es vor dem geldgierigen Markt zu schützen und sein Werk zu fördern."

„Und was bedeutet Homo herba?"

„Na, Pflanzenmensch. So wurde uns das jedenfalls erklärt. Homo sapiens ist ja der heutige, der angeblich vernunftbegabte Mensch. Du bist eher ein Homo faber", sie zwinkerte ihm zu, „ein technisch begabter Mensch."

„Kannst du Latein?"

Sie schüttelte den Kopf. „Nur ein paar Ausdrücke."

„Also ist Homo herba eine neue Gattung Mensch?"

„So sehen wir uns. Und die anderen ja erst recht", Samira zog ihr Grashaar hoch.

„Stimmt. Ich hab ganz schön gestaunt, als ich hier heute zwei Frauen mit blühendem Grünzeug und Bruce mit Moos auf dem Kopf gesehen habe."

„Aber ist doch hübsch, oder?"

Lukas zuckte mit der Schulter. „Na ja, die Blüten auf den Frauenköpfen schon - aber Moos?"

„Auf dem Kopf kommt es eigentlich nur bei Schwarzen vor, die ursprünglich krauses Haar hatten. Aber wir alle hier haben Moos am Körper."

„Echt?" Lukas erinnerte sich daran, dass sie das gestern so komisch umschrieben hatte.

„Eine Stelle zeige ich dir", Samira reckte ihre Arme empor und präsentierte ihre moosigen Achselhöhlen, „die andere aber nicht."

Lukas starrte mit offenem Mund auf die grünsamtigen Stücke und wirkte begriffsstutzig.

„Genug gesehen", sie ließ ihre Arme wieder runter, ihr Blick wanderte amüsiert nach unten.

Plötzlich kapierte er es. „Du meinst ...?"

„Genau", sie rollte mit den Augen und kicherte.

Lukas lief knallrot an und pustete die Luft aus. „Das ist mir aber jetzt peinlich."

„Muss es nicht. Für uns ist es ganz natürlich."

Er versuchte, eine Schambedeckung aus grünem Moos aus seinen Gedanken zu verdrängen. „Ich müsste mich erst daran gewöhnen."

Samira bekam einen Lachanfall und wurde ebenfalls rot im Gesicht. „Das ... Das brauchst du doch auch nicht."

Lukas kam sich dämlich vor, ihr lustiges Gelächter wirkte aber befreiend auf die Situation. Er stimmte auch mit ein, weil er noch nie mit einer Frau am zweiten Tag ihrer Bekanntschaft über ihre Intimbehaarung gesprochen hatte.

Als sie sich wieder beruhigt hatten, wollte Lukas doch noch beim Thema bleiben und sagte: „Du hast mir ja gestern erzählt, dass sich Eltern vor der Schwangerschaft bestimmte Pflanzen für ihre Kinder bestellen können."

„Ja. Aber das wird nicht mehr so oft gemacht."

„Ist es denn eine Art Privileg, wenn man

blühende Pflanzen statt Gras auf dem Kopf trägt? Ist das ein Zeichen von Wohlstand?"

Samira schüttelte den Kopf. „Geld spielt dabei überhaupt keine Rolle. Hier ist keiner so richtig reich. Selbst die Wissenschaftler im Institut verdienen kein Vermögen, weil alles der Homo herba-Stiftung gehört und gemeinnützige Regeln befolgt werden müssen. Wie in unserem gesamten gesellschaftlichen Leben hier, das viele genossenschaftliche Anteile hat."

„In Deutschland übernimmt der Staat die Hilfe für die Alten und sozial Schwachen. Und wohltätige Organisationen. Wir spenden lieber, als selbst etwas zu tun."

„Findest du das besser?"

„Nicht unbedingt. Ich hab noch nie darüber nachgedacht. Wir sind es eben so gewohnt. Außerdem kann man sich in so einer kleinen Gemeinschaft wie hier einfach gegenseitig unterstützen, weil man sich ja auch kennt. In einer anonymen Großstadt ist das viel schwieriger."

„Das kann ich nicht beurteilen, weil ich noch nie in einer war."

„Möchtest du dir denn mal so eine Hauptstadt angucken?"

Samira zuckte mit der Schulter. „Doch, schon. So für einen Kurztrip."

„Dann kannst du mich doch mal in Berlin besuchen, und ich zeige dir alles."

„Hätte deine Freundin denn nichts dagegen?"

„Nee. Du bist doch eine meiner Retterinnen."

„Aber dann müsste ich mir wohl auch eine Perücke aufsetzen."

„Besser wär's. Obwohl ich auf den ersten Blick bei euch niemals auf Gras gekommen wäre. Auffällig gefärbte Haare tragen bei uns auch 'ne Menge Leute. Je nach Alter und Mode."

„Weil du dir Gras nicht vorstellen konntest."

Lukas nickte. „Ich muss doch noch mal auf diese Blüten auf dem Kopf zu sprechen kommen."

„Ja?"

„Du hast mir gestern erzählt, dass du höchstwahrscheinlich weiße Lilie von deiner Mutter geerbt hast. Haben sich also ihre Eltern die ausgesucht und sich behandeln lassen?"

„Nein, das war ihre Oma gewesen. So eine zusätzliche Anreicherung durch ausgesuchte pflanzliche Gene war damals hier ganz groß in Mode. Wurde in meiner Familie aber seitdem nie wieder praktiziert. Aber dieses Erbgut ist nun mal in unserer weiblichen DNA vorhanden und kann wieder sichtbar werden."

„Und wer hatte diese Lilie?"

„Geplant meine Oma und ohne Zutun meine Mutter. Und bei mir oder meiner künftigen Tochter kann sie ebenfalls wieder ungewollt auftauchen", Samira zog ein bekümmertes

Gesicht.

„Also hättest du es nicht so gerne?"

„Nein. Es sieht zwar hübsch aus, ist aber furchtbar lästig."

„Ab wann würde diese Lilie denn erscheinen? Bis jetzt ist ja nichts davon zu sehen."

„Wenn, dann in den nächsten drei Jahren. Meistens geschieht das aber früher."

„So wie bei Ludmilla?"

„Richtig. Die ist ein Jahr älter als ich, trägt ihr Windröschen aber schon über zehn Jahre."

„Und dieser geheimnisvolle Baumanteil in euch? Suchen sich den auch die Eltern aus?"

Sie nickte und sagte: „Kein weiterer Kommentar."

„Aber wenn ich unterschrieben habe, darfst du es mir verraten?"

Samira nickte erneut und grinste hämisch.

„Was soll denn hier noch ungewöhnlicher sein als Gras, Blüten oder Moos auf dem Kopf? Beziehungsweise an versteckten Körperstellen."

„Lass dich überraschen."

Sie schwiegen eine Weile, bevor Lukas fragte: „Wie heißt eigentlich dieser Berg?"

„Tanganasoga."

„Hört sich afrikanisch an."

„Hm."

„Und wie hoch ist er?"

„Fast 1.400 Meter."

„Warst du da oben schon mal?"

Samira schüttelte den Kopf.

„Da hat man doch bestimmt einen tollen Ausblick.“

„Ja.“

Er hatte den Eindruck, dass sie keine Lust mehr zum Reden hatte, also ließ er es. Sie saßen auf dieser Bank fast wie ein Paar. Lukas dachte daran, dass er nur seinen rechten Arm ausstrecken brauchte, um seine Hand versuchsweise um ihre Schulter zu legen. Er sah ihr anmutiges Profil und ihre herrlichen nackten Oberschenkel. An ihr Grashaar hatte er sich ja inzwischen gewöhnt, aber jeder Gedanke an ihren grünen Intimbereich verstörte ihn zutiefst. Das war doch verdammt andersartig.

Erschreckend und beschämend fand er, dass ihm erst danach Iris einfiel.

9

Als sie dann am Schotterweg zum Jugend-Haus ankamen, meinte Lukas, er wolle noch ein bisschen durchs Dorf spazieren. Samira konnte ihn aber nicht mehr begleiten, weil sie Küchendienst hatte und das Abendessen mit vorbereiten musste.

Sie trennten sich also. Lukas folgte weiter der Hauptstraße, die sich nun in einem Bogen nach rechts wandte. Er wurde von einem stämmigen Mann auf einem E-Bike überholt, der ihn grüßte und musterte. Sein Kopfbewuchs war nicht mehr grün, sondern beige wie trockenes Gras. Wahrscheinlich ein Zeichen für fortgeschrittenes Alter wie graues Haar.

Lukas überquerte die asphaltierte Fahrbahn, begutachtete einen dort parkenden Oldtimer und bog in die nächste gepflasterte Straße ein. Auch hier gab es nirgendwo Zäune.

Auf der Terrasse des Eckgrundstücks saß eine ältere Frau im Liegestuhl und las in einem dicken Buch. Um ihren Kopf rankte sich eine Pflanze mit blauen Blüten.

„Hola!", rief Lukas.

Sie sah auf, erwiderte seinen Gruß und senkte den Kopf wieder zum Lesen.

Ein paar Häuser weiter arbeitete ein Mann im seitlichen Garten. Mit einem ihm unbekannten Hilfmittel lockerte er durch Drehbewegungen des Griffs die Erde auf.

„Hola!", sagte Lukas und hob die Hand.

Der Mann richtete sich auf und betrachtete ihn. „Hola! Bist du nicht der Deutsche, der hier gestrandet ist?"

Lukas war überrascht, plötzlich auf Deutsch angesprochen zu werden. „Ja, der bin ich."

„Meine Tochter hat dir da geholfen."

„So?" Er überlegte kurz. „Ach, ist Nele Ihre Tochter?"

„Ganz genau. Aber du kannst mich ruhig duzen. Das machen wir hier alle. Ich heiße Daniel."

„Und ich Lukas. Nele hat mich gestern Morgen wieder aufgepäppelt."

„Den Ausdruck habe ich schon ewig nicht mehr gehört", er schmunzelte. Sein kurzgeschnittenes Grashaar war an den Schläfen etwas ausgeblichen. Lukas schätzte ihn auf Mitte fünfzig. Mit seinen muskulösen Armen stützte er sich auf dem Griff seiner seltsamen Grabegabel ab.

„Was ist denn das für ein Ding?"

„Eine Gartenkralle."

„Nimmt man das statt Spaten?"

„Ja. Die lockert nur auf und belüftet, ohne die gewachsenen Erdschichten zu trennen. Und es ist viel rückenschonender als übliches Umgraben, weil man sich nicht bücken, sondern nur drehen muss. Kennst du dich mit Gartenarbeit aus?"

„Nein. Überhaupt nicht." Lukas schaute sich das gepflegte Anwesen an und sagte: „Da hat Nele ja ein schönes Elternhaus."

„Aber trotzdem lebt sie lieber mit ihren Altersgenossen zusammen. Die Jugend bleibt gerne unter sich.“

„So ein extra Haus ist natürlich auch klasse. In so eine Gemeinschaftsunterkunft wäre ich auch gerne eingezogen. Das ist ein guter Übergang vom Bemuttertwerden zur eigenen Familiengründung.“

Daniel nickte. „Das stimmt schon. Das ist auch eine wichtige Phase in unserer besonderen Sozialisation hier. Aber trotzdem hätte ich Nele gerne noch ein Weilchen zu Hause gehabt. Sie ist unser jüngstes Kind. Jetzt sind alle außer Haus, und meine Frau und ich haben viel zu viel Platz hier.“

„Das ist doch ganz praktisch, wenn mal Enkelkinder kommen.“

„Eins erwarten wir schon“, in seinem Gesicht strahlte Freude auf.

„Das ist ja wunderbar.“

„Ja. Ich glaube, wir sind manchmal besorgter als die werdenden Eltern. Aber so ist das nun mal. Kinder bleiben für die Eltern immer Kinder, auf die man aufpassen muss.“

„Ja“, antwortete Lukas, obwohl er so eine Überfürsorglichkeit selber nie erlebt hatte. Seine Familienerfahrung war eine ganz andere gewesen.

„Und was macht Deutschland so?“

„Wir jammern auf hohem Niveau. Aber wer eine lukrative Arbeit hat, dem geht es gut.“

„Das ist ja schon sehr lange ein reiches

Land.“

„Kennst du es noch?“

Daniel schüttelte den Kopf. „Nur aus Erzählungen der Familie und aus dem Fernsehen.“

„Da ist es selbstverständlich viel lauter, voller und hektischer als hier. Da gibt es mehr Beton und Asphalt als Grünflächen. Mir kommt diese Insel wie ein Paradies vor.“

„Das ist es auch für uns. Wir vermissen eure Technik-Welt nicht und sind stolz darauf, am Kreislauf der Natur aktiv beteiligt zu sein.“

„Das verstehe ich. Auch wenn es mir schwer fällt, diese unglaublichen Pflanzenanteile an euch zu begreifen.“

„Könntest du dir denn vorstellen, auch so zu leben wie wir?“, Neles Vater sah ihn prüfend an.

„Nein. Nur für eine kurze Zeit. Eine herrliche Urlaubsidylle ist ja auch nur so toll, weil es die Ausnahme ist, weil man danach wieder in den stressigen grauen Alltag muss, wo man sich bald schon wieder danach sehnt.“

„Wir haben uns ja für diese ungewöhnliche duale Lebensform entschieden, weil sie in höchstem Maße mit der Natur im Einklang ist.“

„Aber hattet ihr denn überhaupt eine Wahl?“, fragte Lukas. „So wie ich das sehe, seid ihr doch alle schon als Pflanzenmenschen geboren worden. Ihr habt euch das ja nicht bewusst ausgesucht. Alle, die ich hier bis jetzt getroffen habe, waren noch niemals in der anderen Welt."

„Das stimmt schon. Aber man muss ja nicht alles selber erlebt haben, um dagegen zu sein. Denk nur an die furchtbaren Kriege, an Hunger, das Töten von Tieren oder Umweltkatastrophen. Natürlich wurden wir in diese herrliche Pflanzenwelt hineingeboren und von unserem Umfeld geprägt. Aber trotzdem ist die überwiegende Mehrheit von uns mit unserem Dasein hier sehr zufrieden und von dem intensiven Kontakt mit der Natur überzeugt. Wir haben mit unserer Art einen Weg gefunden, erheblich weniger Kohlendioxid und Methan, dafür aber sogar Sauerstoff an die Atmosphäre abzugeben. Wenn es mehr von uns auf der Welt gäbe, hätte die Klimaerwärmung nicht so viele Opfer gefordert und die Menschheit hätte nicht so viel Land verloren."

Lukas war beeindruckt von seiner Rede und nickte mehrmals. „Ich darf ja noch nicht alles von euch wissen, ehe ich diese Verschwiegenheitserklärung unterschrieben habe. Aber ich ..."

„Ach", unterbrach ihn Daniel und zog alarmiert die Augenbrauen hoch, „ich dachte, das wäre heute geschehen."

„Nein. Dieser Anwalt kommt erst morgen, weil mit meiner amtlichen Beglaubigung etwas nicht so schnell geklappt hat."

„Soso." Das Verhalten von Neles Vater hatte sich schlagartig verändert. „Nun, ..." Er druckste herum. „Dann sollte ich mal hier weitermachen. War nett, dich kennengelernt zu haben." Er nahm seine Gartenkralle und setzte sie wieder dort an, wo er aufgehört hatte.

„Gleichfalls. Tschüss", Lukas ging mit zusammengepressten Lippen weg. Er war maßlos enttäuscht von Daniel, der nur für kurze Zeit nicht an seinen Maulkorb gedacht hatte. Das war ja die reinste Diktatur hier in ihrem gelobten Paradies. Und jeder in diesem verdammten Dorf schien auf dem aktuellen Stand seiner Vertrauenswürdigkeit zu sein. Jedenfalls fast. Und das ohne Handy. Womöglich beherrschten diese Grasköpfe ja sogar Telepathie. Oder sie verständigten sich untereinander durch Duftstoffe, Pollenflug oder Pheromone.

Er marschierte immer schneller, um seine Wut loszuwerden.

Als er das Jugend-Haus betrat, hatte sich Lukas wieder abgeregt. Es hatte ja keinen Zweck, er war von diesen Pflanzenmenschen abhängig und musste froh sein, dass sie ihm geholfen hatten und ihn hoffentlich bald wieder in die moderne Zivilisation bringen würden.

Aus dem Speiseraum hörte er Stimmengewirr, also war das Abendessen schon im Gange. Er benutzte zuerst die Toilette, wobei ihm auffiel, dass das Wasser zum Nachspülen alles andere als klar war, das am Waschbecken aber schon. Er verspürte großen Hunger und Durst. Dann ging er in den Raum, grüßte laut die Allgemeinheit und leiser am Tisch, wünschte guten Appetit und setzte sich auf seinen Platz.

„Da bist du ja wieder", empfing ihn Samira auf Englisch, sie saß an der Stirnseite links neben ihm. „Ich hab mir schon Sorgen gemacht."

„Wir dachten, du hättest dich verlaufen", sagte Nele auch auf Englisch an seiner rechten Seite.

„Wir wollten schon einen Suchtrupp losschicken", scherzte der moosköpfige Bruce von der anderen Stirnseite.

„Na, euer Dorf ist eindeutig zu klein zum Verlaufen", erwiderte Lukas.

„Richtig", sagte Jean von schräg gegenüber.

„Du hast doch bestimmt Hunger, oder?", Samira goss ihm kalten Tee ein.

„Und wie." Lukas leerte das Glas in einem Zug. Samira füllte es sofort wieder auf.

„Dann hau mal rein", Ludmilla mit den weißen Blüten nickte ihm zu, sie saß ihm vis-a-vis.

„Das werde ich." Lukas füllte sich reichlich gemischten Salat und drei Falafeln auf seinen Teller, dazu zwei Scheiben Vollkornbrot. Nach den ersten Bissen drehte er den Kopf nach rechts und sagte: „Du, Nele, ich hatte ein interessantes Gespräch mit deinem Vater."

„Echt?", wunderte die sich. „Wie das denn?"

„Ich bin bei eurem Haus vorbeigekommen und habe ihn gegrüßt. Er war bei der Gartenarbeit. Dann hat er mich gleich auf Deutsch angesprochen, und wir haben uns eine Zeit lang unterhalten."

„Wie ich meinen Papa kenne, kam er bestimmt bald aufs Klima zu sprechen."

„Stimmt."

„Das ist nämlich eins seiner Lieblingsthemen", Nele verdrehte die Augen.

„Was ist er denn von Beruf?"

„Biologe."

„Dann ist das ja verständlich."

„Er arbeitet am Institut. Wie die meisten hier."

Am Teenager-Tisch mit dem glatzköpfigen Marcel wurde laut gelacht.

„Könnt ihr denn auf der Insel auch studieren?", Lukas nahm sich drei Kellen von der Pilzpfanne.

Es dauerte einige Augenkontakte und Sekunden, bis Jean die Antwort übernahm: „Wir haben hier natürlich keine übliche Universität. Dem Institut ist aber ein Kolleg angegliedert, an dem wir alle Studiengänge, die wir hier benötigen, bis zum Abschluss absolvieren können."

„Aber man kann nichts anderes studieren, wie zum Beispiel Kunst, Musik oder Archäologie?"

„Richtig", antwortete Bruce. „Nur das, was

wir hier brauchen.“

„Aha“, Lukas sah in die Runde und verkniff sich kritische Bemerkungen. „Aber die Abschlüsse gelten dann auch nur auf El Hierro?“

Ludmilla nickte, und ihre weißen Windröschen-Blüten bewegten sich. „Das stimmt. Wir bleiben ja schließlich für immer hier.“

Lukas ließ es sich schmecken und behielt seine Gedanken lieber für sich: Und wenn jemand woanders leben will? Darf man das überhaupt? Man hat dann keine anerkannte Berufsausbildung. Und auch keine Kranken- und Sozialversicherung. Manche haben ja nicht mal einen Ausweis. - Genau wie ich. „Hat eigentlich schon mal jemand die Insel verlassen, um woanders zu leben?“

„Nicht, dass ich wüsste“, Nele zuckte mit der Schulter.

„Ich hab auch noch nie von so einem Fall gehört“, sagte Samira.

„Und für eine Urlaubsreise?“, fragte Lukas.

„Ich kenne keinen“, erwiderte Ludmilla.

„So, Freunde“, Bruce schob seinen Teller von sich, „ich bin gesättigt.“ Er leerte sein Glas und stand auf. „Man sieht sich“, er schlenderte hinaus.

„Ich bin auch fertig“, Ludmilla erhob sich und folgte ihm.

„Lukas, du hast ja wieder einen ordentlichen Appetit“, Samira lächelte ihm zu.

„Ist mir ja fast peinlich. Aber es ist auch

alles sehr lecker.“

„Auch ohne Tierisches“, Samira sah ihn mit gespielter Strenge an.

„Stimmt.“ Lukas widmete sich jetzt einer Schale mit rotbrauner Bohnensuppe.

„Beeil dich mal“, scherzte Nele. „Ich habe mit Jean Tischdienst.“

Der grinste und sagte: „Am besten, wir fangen einfach mit dem Abräumen an.“

Lukas löffelte übertrieben schneller und sorgte für Gelächter.

Der Tisch der jüngeren Bewohner war inzwischen auch verlassen.

„Aber eine Frage habe ich noch“, Lukas schmunzelte und brach sich ein Stück Baguette ab.

„Nur eine?“, lästerte Samira.

„Mal sehen. Wie funktioniert das denn hier mit anderen Berufen, für die man nicht studieren muss? Wo wird da ausgebildet?“

„Auch auf dem Gelände des Instituts“, erwiderte Nele. „Bei manchen Lerneinheiten sitzt man auch zusammen mit Studenten im Kolleg. Das ist bei uns nicht alles so streng getrennt. Die Ausbildung setzt sich aus unterschiedlichem Blockunterricht und Praktika zusammen.“

„Handwerksberufe erlernt man allerdings in den jeweiligen Meisterbetrieben“, sagte Jean. „So wie ich Tischler.“

„Und was macht ihr für eine Ausbildung?“, fragte Lukas die beiden Frauen.

„Wir werden Laborantinnen am Institut“, antwortete Samira.

„Bist du jetzt endlich satt?“, Nele rollte mit den Augen.

„Ja, bin ich“, Lukas hielt sich zufrieden seinen Bauch.

10

An diesem Geheimtreffen nahm nur der innerste Kreis der Homo herba-Stiftung teil: Als langjähriges, mittlerweile inoffizielles Oberhaupt Shirley Austin, die trotz ihrer 84 Jahre immer noch erstaunlich rüstig und stolz auf ihre blauen Kopfblüten war. Obwohl ihr Bruder Anthony zwei Jahre jünger war, wirkte er nicht mehr so fit wie sie, die wenigen Kleeblätter auf seinem Schädel hatten nur noch ein blasses Grün. Er war ruhiger und weniger resolut als seine Schwester, in deren Schatten er sich aber sein ganzes Leben wohl gefühlt hatte. Die beiden Kinder des berühmten Dr. Austin bestimmten alles auf der Insel, seit dem frühen Tod ihrer Mutter vor 48 Jahren. Für die Öffentlichkeit leitete aber die Vorsitzende Penelope seit zehn Jahren die Stiftung. Sie hatte lange als Büroleiterin für Shirley gearbeitet und war ihr treu ergeben. In ihrem recht kurzen Gras leuchteten mehrere Gänseblümchen.

Der Justiziar hieß Cyrus und hatte eine Glatze, weil er bei auswärtigen Terminen eine Perücke trug. Gregor war der Sicherheitschef und Mitte vierzig. Auf seinem Kopf wuchsen Venusfliegenfallen, sämtliche bewimperten Fangkörper waren aufgeklappt und warteten auf Beute. Durch ausgewählte genetische Steuerung trugen nur die Mitarbeiter des Sicherheitsdienstes diese fleischfressenden

Pflanzen, daran konnte man sie sofort erkennen.

Diese fünf Personen saßen an einem runden Tisch und tranken Kaffee, Tee, Saft oder Wasser, zum Knabbern stand eine Schale mit Erdnüssen, Pistazien und Datteln in der Mitte.

„Warum eigentlich dieses Theater mit der Verschwiegenheitserklärung?“, fragte Gregor. „Es ist doch klar, dass niemand von hier weg darf.“

„Wir sollten das aber nicht so offensichtlich machen“, erwiderte Cyrus, der neun Jahre älter war. „Unsere Bevölkerung hält unsere Lebensform hier immerhin für human, frei und demokratisch, da können wir einen von ihnen geretteten Fremden nicht einfach umbringen. Das würde ihr Vertrauen in uns für immer zerstören und zum Widerstand ermutigen.“

„Und das wollen wir doch auf keinen Fall“, sagte Penelope.

„Also müssen wir diesen jungen Kerl unauffällig beseitigen“, bestimmte Shirley.

„Aber dafür muss doch kein seitenlanger Vertrag geschrieben und übersetzt werden“, Gregor nippte an seinem Kaffee. „Das ist doch übertrieben.“

„Finde ich nicht“, entgegnete Cyrus. „Das muss alles absolut glaubwürdig sein. Bis zum letzten Akt. Nicht nur für diesen Deutschen, sondern besonders für unsere jungen Leute, für den Doc und alle im Dorf. Die sind schließlich nicht blöd.“

„Das hat auch keiner behauptet", erwiderte Penelope.

„Wie weit seid ihr mit dieser Erklärung?", erkundigte sich Shirley.

„Die Übersetzung wird heute Abend fertig, morgen Früh ausgedruckt, und dann fahre ich damit nach Isidro zur Unterzeichnung."

„Wirklich viel Aufwand", Anthony nahm unter sichtlicher Konzentration mit zwei Fingern eine Dattel und aß sie langsam. Seine Schwester hatte sein manuelles Defizit kritisch beäugt.

„Wenn wir es uns dabei zu einfach machen und Misstrauen erwecken, haben wir später viel mehr Arbeit und Schwierigkeiten." Cyrus beobachtete Shirley, die offensichtlich das Für und Wider abwägte und mit Penelope tuschelte. Der Baum mit ihrem großartigen Vater würde umfallen, wenn er wüsste, dass sich ausgerechnet seine eigenen Kinder - und mit ihnen eine kleine wohlhabende Elite - der geplanten letzten Station verweigerten, auf der alle Einwohner ab circa 80 Jahren den Übergang hinnahmen.

„Also, wir machen es genauso, wie Cyrus es sich ausgedacht hat", Shirley nickte ihm gönnerhaft zu, „und anschließend übernimmt ihn deine Truppe, Gregor."

„Verstanden."

„Eine kluge Entscheidung", Cyrus wurde von sich selber übel. Eines Tages würde er diese verlogene Heuchelei nicht mehr ertragen können. Dann würde er sich auf seinen geheimgehaltenen Privatbesitz zurückziehen und finanziell gut ausgestattet seinen Ruhestand genießen, weit entfernt von El Hierro.

„Und wie können wir solche lästigen Vorfälle in der Zukunft vermeiden?", wollte Shirley von ihrem Sicherheitschef wissen.

Während sie mit ihm über küstennahe Patrouillen, Bewegungssensoren, Wachboote und eine Strandbeobachtung mit unzähligen Überwachungskameras diskutierte, musste sich Cyrus beherrschen, seinen Abscheu nicht erkennen zu lassen. Dass Shirley wie selbstverständlich von der Zukunft redete, zeigte deutlich, dass sie überhaupt nicht daran dachte, wort- und machtlos im Ahnenwald zu verschwinden. Sie betonte zwar oft, dass sie ihre Plätze dort noch nicht eingenommen hätten, weil sie noch in so guter körperlicher Verfassung seien, doch Cyrus hatte durch einen Vertrauten im Institut erfahren, dass Shirley und ihr Bruder seit mindestens zwanzig Jahren hochwirksame Medikamente gegen die hölzerne Versteifung einnahmen. Und diese Mittel bekamen sicherlich auch einige Auserwählte ihrer Oberschichtclique.

Gregors Handy klingelte. Er holte es hervor, sah aufs Display und sagte: „Entschuldigung, aber da muss ich rangehen."

Shirley Austin verdrehte die Augen und flüsterte mit Penelope.

„Ja?"

Von den zwanzig Handys, die heimlich auf der Insel betrieben wurden und eigentlich nur bei Notlagen benutzt werden sollten, befanden sich schon fünf in diesem Raum.

„Wieso?" - „Ja." - „Auf keinen Fall." - „Gut." Gregor beendete das Gespräch und steckte das Handy wieder weg.

„Probleme?", erkundigte sich Shirley.

„Nein. Der wollte sich nur absichern."

„Und dafür wurde ein Handy benutzt?", fragte Penelope tadelnd. „Für solche Fälle habt ihr doch Walkie-Talkies. Handys dürfen nur in Notfällen genommen werden und sollten auf die Führungsebene beschränkt bleiben."

„Ja ja", Gregor schielte zur Decke.

„Das solltest du schon Ernst nehmen."

„Tu ich ja." Er sah sie genervt an und nahm einen Schluck Kaffee.

„Ich verlange, dass du diesem Mitarbeiter das Handy entziehst."

„Wenn es sein muss."

„Das tut es, Gregor", sprang Shirley der Vorsitzenden bei. „Der Kreis der Handybenutzer muss so klein wie möglich gehalten werden. Und nur Auserwählte der Führungsebene, die absolut vertrauenswürdig sind, dürfen es erhalten."

„Ja."

„Nur so können wir verhindern, dass die Bevölkerung von ihrem Vorhandensein erfährt", sagte Penelope.

„Ich hab's ja verstanden", der Sicherheitschef schüttelte ungehalten den Kopf und brachte damit die geöffneten Fliegenfallen ins Pendeln.

11

Als Lukas mit Samira den Speiseraum verließ, verschwand sie gleich in ihrem Zimmer, weil sie angeblich noch lernen musste. Er war enttäuscht darüber und ging in den Aufenthaltsraum. Auf dem großformatigen Fernseher lief eine Folge einer populären Sciencefiction-Serie auf lautlos, die von Marcel, Ole und dem mit der Grasmähne vom Teenager-Tisch andächtig verfolgt wurde, alle empfingen den Ton über Ohrhörer.

Lukas schlenderte zu einem weiter entfernten Tisch, an dem Ludmilla mit einer wenig älteren kleeköpfigen Frau Schach spielte, die ihm zunickte und abschätzend ansah. Ihm fiel etwas ein. „Bist du die Freundin von Joe?"

„Ja. Ich heiße Norma."

„Und ich Lukas. Vielen Dank noch für deine Mithilfe in der Samstagnacht."

„Gern geschehen", sie schmunzelte.

„Wer spielt denn besser Schach, Joe oder du?"

„Er. Aber nicht weitersagen."

„Kannst du Schach?", fragte ihn Ludmilla.

„Nein."

„Schade."

„Wohnt Ole auch hier?", erkundigte sich Lukas.

„Nein, der ist noch zu jung. Aber er hält sich oft hier auf und hilft uns", antwortete Ludmilla ohne aufzublicken. Sie schien den gerade erfolgten Zug ihrer Gegnerin zu analysieren.

Lukas wollte nicht stören und schritt an den Bücherregalen entlang, dabei las er mit verdrehtem Kopf die Titel. Die meisten waren auf Spanisch, gefolgt von Englisch und Französisch. Etwas auf Deutsch fand er nicht. Leider gab es kein Werk dieses großen Dr. Austin, des Stammvaters der Pflanzenmenschen und Gründers dieser skurrilen Gemeinschaft. Deshalb zog er ein abgegriffenes englisches Buch heraus, schlug es an unterschiedlichen Stellen auf, las einige Sätze und entschloss sich, es mit auf sein Zimmer zu nehmen und dort darin zu lesen. Es handelte von der Geschichte El Hierros und wirkte antiquarisch.

Er ging mit dem Buch zurück zu den beiden Frauen und fragte: „Darf ich euch noch mal belästigen?"

„Wenn's sein muss!", Ludmilla stöhnte übertrieben und grinste frech.

„Warum gibt es hier kein einziges Buch von diesem bedeutenden Dr. Austin?"

„Weil seine Lehre und sein Lebenswerk nicht unkontrolliert in falsche Hände gelangen soll", antwortete Norma. „Es soll hier auf El Hierro begrenzt bleiben. Ein Buch könnte ganz leicht in deiner Welt landen und dort einen Sturm der Entrüstung entfachen und Medien anlocken. Das würde unserer Lebensform und diesem Biotop sehr schaden."

„Habt ihr auch keine Bücher von ihm?"

„Nein.“

„Es existieren keine.“

„Und wie hat man euch seine Lehre beigebracht?“

„Durch mündlichen Unterricht“, erwiderte Norma. „Aber auch durch Filme.“

„Durftet ihr euch denn Notizen machen?“ Vielleicht konnte er handschriftliche Unterlagen ergattern.

„Na, klar.“

„Würdet ihr mir die mal ausleihen?“

„Nein“, Ludmilla schüttelte den Kopf, sodass ihre weißen Blüten hin und her schwangen. „Und jetzt wollen wir weiter Schach spielen.“

„Natürlich. Entschuldigung“, Lukas verneigte sich und ging weg.

Er zog die Sandalen aus, legte sich aufs Bett und blätterte die ersten Seiten des Buches um. Es stammte aus dem Jahr 2018, war also über 150 Jahre alt. Zum Lesen war es hier schon zu dunkel, deshalb schaltete er die altmodische Nachttischlampe ein. Seit seiner Kindheit hatte er kein gedrucktes Buch mehr in den Händen gehabt. Heute las man nur noch digital oder hörte sich Texte an, doch dieses Papier hatte schon zwei Menschenleben hinter sich, war vergilbt, raschelte und roch regelrecht nach vergangenen Zeiten.

Lukas begann zu lesen. Im ersten Jahrtausend v. Chr. hatten vermutlich phönizische Seefahrer als erste die Kanarischen Inseln erreicht. Durch archäologische Funde konnte man nachweisen, dass um diese Zeit dort die ersten Siedlungen gegründet wurden. In der folgenden Zeit gab es vermehrte Handelsverbindungen in den Mittelmeerraum. Im 3. Jahrhundert v. Chr. wurden Menschen aus dem Gebiet beiderseits der Meerenge von Gibraltar auf den Kanaren angesiedelt. Archäologen fanden auf einigen Inseln Anlagen zur Purpurherstellung und Reste von Salinen aus dem 1. Jahrhundert v. Chr. Die Kolonisierung verlief nicht auf allen Inseln im gleichen Tempo. Auf El Hierro geschah sie deutlich später, dort stammten die ältesten Funde erst aus dem 2. Jahrhundert n. Chr.

Die hingen schon damals der Entwicklung hinterher, dachte Lukas und grinste.

Die Anwesenheit von fremden Seefahrern und Händlern auf den Kanarischen Inseln endete im 3. Jahrhundert n. Chr. mit dem Niedergang des Römischen Imperiums. Da die Ureinwohner von El Hierro – die Bimbaches – keine seetüchtigen Schiffe bauen konnten, gab es anscheinend keine Kontakte mit den Einwohnern der anderen Inseln. Für circa 1.000 Jahre entwickelte sich auf El Hierro die eigene Kultur der Bimbaches, die zwangsläufig sehr naturverbunden war.

Das ist sie heute noch, dachte Lukas amüsiert. Und isoliert sind sie auch noch.

Ab der Mitte des 14. Jahrhunderts erreichten immer öfter europäische Schiffe die

Kanaren. Es kam zu Überfällen auf die Ureinwohner, die als Sklaven im Mittelmeerraum und besonders in Spanien verkauft wurden. 1405 landete der Franzose Béthencourt im Auftrag des kastilischen Königs im Süden von El Hierro. Er hatte einen Bruder des Königs der Insel auf dem Sklavenmarkt erworben und benutzte ihn geschickt als Vermittler. Dem König und seinen Leuten wurde freies Geleit zu den Verhandlungen versprochen. Doch als er sich mit Béthencourt traf, ließ dieser ihn und seine 111 Begleiter festnehmen und als Sklaven verkaufen. Auf der Insel wurden anschließend 120 französische Kolonisten angesiedelt.

Das war ja ein schändlicher Verrat, dachte Lukas und gähnte. Das typische hinterlistige Verhalten von europäischen Eroberen gegenüber den Ureinwohnern.

Als die Fremden die Insel in Besitz nahmen, verheimlichten die unterworfenen Bimbaches ihnen den Standort ihres heiligen wasserspendenen Baums, des Garoé. Sie hofften vergeblich, dass die Besetzer die Insel wieder verlassen würden, weil sie zu wenig Trinkwasser vorfanden.

Davon hat mir doch Joe heute Morgen erzählt, fiel Lukas ein. Er musste erneut gähnen und wollte nur mal kurz seine müden Augen schließen. Er hatte sich heute ja auch viel an der frischen Luft bewegt.

Als er wieder aufwachte, war es draußen bereits dunkel, die Nachttischlampe erhellte das Zimmer nur spärlich. Er hatte tatsächlich einige Zeit geschlafen. Uhren gab es ja hier anscheinend nicht. Auf seiner Brust lag dieses alte Buch aufgeklappt mit den Seiten nach unten. Lukas legte es so auf das Tischchen und stand auf. Er reckte sich, nahm die leere Flasche und verließ das Zimmer, weil er Durst hatte. Aber vorher musste er noch zur Toilette.

Auf dem Weg zur Küche sah er dann durch die halb geöffnete Tür des Aufenthaltsraums das Flimmern des Fernsehers im Dunkeln. Über der Spüle war die Beleuchtung eingeschaltet. Am Wasserhahn ließ er die Flasche voll laufen, trank gleich einige Schlucke und füllte sie wieder auf.

Auf dem Rückweg ging er in den Aufenthaltsraum. Vor dem riesigen Bildschirm hing nur Bruce halb schräg in einer Sofaecke und verfolgte die auf lautlos gestellte Sendung.

„Nicht erschrecken", sagte Lukas beim Näherkommen und wedelte mit einer Hand.

Bruce drehte ihm nur entspannt das Gesicht zu. „Ach, du bist es." Er nahm den ihm zugewandten Ohrhörer heraus.

„Was läuft denn da?"

„Eine interessante Doku über den angestiegenen Meeresspiegel in Südostasien."

„Darf ich mitgucken?"

„Klar." Bruce schob sich etwas höher und

zog seine ausgestreckten Beine näher zu sich. „Irgendwo liegen hier noch neue Ohrstöpsel rum. Ich weiß nur nicht wo. Meinen kann ich dir ja nicht zumuten." Er verzog den Mund und rümpfte die Nase.

„Schon in Ordnung. Geht auch ohne Ton." Lukas setzte sich in die andere Ecke.

„Ich lass ein Ohr frei für dich und kann eventuelle Fragen beantworten."

„Prima. Wie spät ist es eigentlich?"

„Moment." Bruce tippte kurz auf die Fernbedienung, rechts oben erschien die Uhrzeit: 23:16. Nach zwei Sekunden verschwand sie wieder.

„Die anderen schlafen wohl alle schon."

„Jedenfalls tun sie so. Aber manche haben auch ein eigenes TV-Gerät."

Beide sahen zum Fernseher, wo jetzt eine überflutete Plantage gezeigt wurde. Nur unzählige Palmwedel im gleichen Abstand ragten noch aus dem Wasser und bewegten sich durch den Wellengang: grün auf blau.

„Obwohl es schrecklich ist, sieht es richtig schön aus", sagte Lukas.

„Das da ist kein Verlust für die Umwelt. Das ist noch eine dieser schädlichen Palmöl-Plantagen in Indonesien. Beim letzten Sturm ist da ein Damm gebrochen und hat sie überschwemmt."

„Aha."

Auf dem Bildschirm war jetzt eine Insel zu sehen, die zur Hälfte unter Wasser stand. Auf der höher gelegenen Seite befand sich ein kleines Dorf. Die wenigen Bewohner winkten dem Filmteam im Hubschrauber aufgeregt zu.

„Ob die da evakuiert werden?", fragte Lukas.

„Nicht von denen. Aber die werden sicherlich Hilfe dorthin schicken."

„Die Insel müssen sie ja wohl aufgeben."

Bruce nickte. „Ihre Felder und Bäume werden durch das Salzwasser geschädigt und bald absterben."

„Früher sind die Menschen vor Kriegen geflüchtet, seit 100 Jahren auch vor dem ansteigenden Meeresspiegel."

Nun wurde eine Karte von Südostasien gezeigt, bei der die inzwischen überschwemmten Gebiete rot markiert waren. Viele der kleinen unbewohnten Inseln waren nur noch rote Punkte.

„Das Absurde ist ja", sagte Bruce, „dass wir da zu viel Wasser haben, ansonsten aber fast überall auf der Erde Wasserknappheit herrscht."

„Stimmt."

„Ist dir schon aufgefallen, dass unser Spülwasser fürs WC nicht sauber ist?"

„Ja, aber erst vor dem Abendessen."

„Das ist unser Beitrag zum Wassersparen. Auf El Hierro war das sowieso schon immer ein Problem."

„Davon hat mir Joe erzählt und so ein Wassersegel gezeigt."

Die Fernsehsendung war jetzt beendet, nun kam etwas über bemannte Drohnenflüge.

„Wir nehmen das angefallene Schmutzwasser vom Geschirrspüler, Duschen und Waschen zur Toilettenspülung. Es wird in Zisternen gesammelt und durch ein separates Leitungssystem zu den WC's gepumpt. So benutzen wir es zweimal."

„Gute Sache." Lukas fand diese modernen Flieger faszinierend, die auch immer mehr im privaten Bereich eingesetzt wurden. Bruce anscheinend nicht.

„Dieses getrennte System gibt es doch in Deutschland bestimmt auch, oder?"

„Ja, aber immer noch nicht überall."

„Versteh ich nicht. Ihr habt doch nun wirklich das Geld für solche Anlagen."

„Tja." Lukas hätte gerne aufmerksam den Film verfolgt und dabei den Ton gehört.

„In den armen Ländern hat man dafür ja noch kein Geld über, aber im reichen Deutschland?"

„Das Geld wird nicht nur für Sinnvolles ausgegeben."

„Das stimmt leider", Bruce reckte sich. „So, ich geh jetzt ins Bett."

„Okay."

„Willst du noch weitergucken?"

„Diesen Bericht vielleicht noch."

„Gut", Bruce stand auf und übergab ihm die Fernbedienung. „Hier."

„Dann schlaf gut."

„Du auch. Und vergess deine Flasche nicht.“

Lukas lag im Bett und las noch in dem alten Buch, obwohl es schon reichlich spät war. Aber er hatte ja etwas vorgeschlafen.

Dieser skrupellose Béthencourt verließ Ende 1405 die Kanaren bereits wieder. In der Folgezeit gingen die Besitzverhältnisse an den Kanarischen Inseln durch Kauf, Schenkung und Erbschaft andauernd auf andere Lehensmänner des Königs von Kastilien über. Als Hernán Peraza die Herrschaft über El Hierro bekam, unternahm er eine Neueroberung der Insel mit 300 Männern, die von Fuerteventura und Lanzarote stammten. Die Bimbaches mussten kapitulieren und wurden dann alle getauft, falls sie es noch nicht waren. Später siedelte man neue Kolonisten aus Kastilien an. Die Ureinwohner wurden immer mehr verdrängt und weniger.

Die Kirche wollte damals allen sogenannten Heiden ihren Glauben aufzwingen, dachte Lukas. Sehr christlich.

Der berühmte Christoph Kolumbus steuerte vor seiner großen Reise auch noch El Hierro an. Er wollte auf günstigen Wind warten, der seine Flotte schnell nach Westen bringen sollte. Nach 19 Tagen auf El Hierro blies sie dann ein kräftiger Passatwind in die Neue Welt.

Sogar die Entdeckung Amerikas startete von hieraus, dachte Lukas beeindruckt.

Aber jetzt wollte er auch schlafen. Er steckte das mitgebrachte Blatt Toilettenpapier als Lesezeichen ins Buch, legte es auf den Nachttisch und schaltete die Lampe aus.

Er liegt mit Iris am hellichten Tag im Bett des Hotelzimmers. Es ist alles wieder gut. Draußen scheint die Sonne. Sie küssen sich leidenschaftlich, ihre Zungen spielen miteinander. Er knetet ihre wunderbaren Brüste, die ihm heute praller vorkommen. Seine Lippen erkunden sie. Er nuckelt an ihren harten Brustwarzen und hat eine starke Erektion. Sein Mund wandert tiefer, leckt an ihrer Haut und ihrem Bauchnabel. Iris umfasst sein Glied und massiert es sanft.

Er zieht ihr den Slip runter und will dort weitermachen. Doch er ist geschockt. Anstelle ihres krausen Schamhaars ist da jetzt dunkelgrünes Moos. Es riecht nach herben Kräutern. Entsetzt schaut er zu ihr hoch, doch es ist nicht mehr Iris sondern Samira, die ihn verheißungsvoll anlächelt. Sein Ständer ist abrupt in sich zusammengesackt, als hätte jemand den Stöpsel gezogen.

Lukas wachte auf. Er lag alleine im Bett. Das Zimmer war stockfinster. Er schaltete das Licht an und sah sich um. Verdammte Scheiße, dachte er und schlug die Bettdecke zurück. Da unten war zum Glück alles in Ordnung.

Er trank einen Schluck Wasser, knipste die Lampe wieder aus, drehte sich auf seine

Schlafseite und versuchte an nichts zu denken.

125

12

Im Bad hatte sich Lukas gewundert, dass er dort ganz alleine für sich war. Aber er hatte ja keine Ahnung, wie spät es war. Draußen schien jedenfalls die Sonne. Er hatte wohl länger geschlafen, weil er erst spät das Licht ausgemacht hatte. Und das sogar zweimal. An den erregenden Traum wollte er nicht mehr denken.

Als er in den Speiseraum kam, saß nur Nele an ihrem Tisch und grinste ihn an. Der Teenager-Tisch war noch voll besetzt.

„Guten Morgen", sagte Lukas auf Deutsch.

„Morgen, du Langschläfer", Nele kniff ein Auge zu.

„Wie spät ist es denn?", er setzte sich auf seinen Platz neben ihr.

„Halb zehn."

„Tja, ich hab ja keine Uhr."

„Kaffee?", Nele hob die Kanne.

„Sehr gerne."

Sie goss ihm ein und stellte die Kanne vor ihm hin. „Dann bedien dich mal."

„Danke. Haben die anderen schon gefrühstückt?" Er schmierte sich Magarine und Feigenmarmelade auf eine Scheibe Brot.

„Ja. Die sind alle schon irgendwo aktiv."

„Habt ihr jetzt eigentlich auch Ferien? Ihr seid doch keine Schüler mehr, sondern Auszubildende." Lukas genoss den ersten Schluck Kaffee, er schmeckte hervorragend.

„Aber manche Lehrer unterrichten uns auch. Deshalb haben wir gerade drei Wochen Urlaub. Jetzt am Montag müssen wir wieder los." Nele kaute ganz genüsslich eine Orangenspalte nach der anderen.

Und warum musste Samira dann gestern Abend noch unbedingt lernen?, fragte sich Lukas.

„Die Schüler haben sechs Wochen Sommerferien."

„Mein erster Kaffee seit drei Tagen. Tut echt gut." Das war am Samstagmorgen beim üppigen Frühstücksbüfett gewesen, mit knusprigem Bacon und Rührei und natürlich Iris.

„Ich trinke lieber Tee."

„Ich brauche morgens guten schwarzen Kaffee." Lukas nahm sich eine Scheibe Vollkornbrot und die Schale mit einem Brotbelag, der wie Kräuterfrischkäse aussah. „Aus was besteht denn das?"

„Hauptbestandteil ist Soja."

„Ist bestimmt lecker", er verzog das Gesicht und bestrich die Scheibe damit.

„Hast du schon auf den Plan geguckt?"

„Was für'n Plan?"

„Wer zum Tischdienst eingeteilt ist", antwortete Nele.

„Nee. Wo ist der noch mal?"

„Am Eingang zur Küche. Es gibt einen Dienstplan fürs Putzen, für die Küche, für die

Wäsche und einen für den Tischdienst."

„So viel muss man hier machen?" Er schenkte sich Kaffee ein.

„Das ist schließlich kein Hotel hier. Du bist heute Mittag dran. Mit Samira", sie zwinkerte ihm zu.

„Stimmt. Das hast du gestern schon gesagt." Nele schien sofort registriert zu haben, dass ihm Samira nicht gleichgültig war und machte sich seitdem darüber lustig. Im Moment war er eigentlich froh, nicht in Samiras tiefgründige Augen schauen zu müssen, mit diesem verstörenden Traum im Hinterkopf.

„Aber du bist nur zum Tischdienst eingeteilt. Von den anderen Arbeiten bist du befreit."

„Da hab ich ja Glück." Lukas hatte die Scheibe mit dem Käseersatz geschafft und entschied sich lieber wieder für ein Marmeladenbrot. „Wie geht's deinen Großeltern?"

„Den Umständen entsprechend."

„Ist das gut oder nicht so gut?"

Nele sah ihn wie etwas Lästiges an. „Du gibst wohl auch nie auf?"

„Nee."

Die Teenager kamen in Bewegung: drei verließen den Speiseraum, Marcel und ein Mädchen mit sehr hellem Gras hatten anscheinend Tischdienst.

„Na ja, wenn du heute brav diese Erklärung unterschrieben hast, könntest du sie sogar kennenlernen."

„Echt?"

Sie nickte. „Die sind sehr an allem interessiert, was mit Deutschland zu tun hat."

„Aber ... Kann man sich denn mit ihnen noch ... problemlos unterhalten?"

Nele lachte auf. „Selbstverständlich. Die sind keineswegs senil, nur nicht mehr mobil."

„Ginge das denn heute noch?"

„Wieso?"

„Ich weiß ja nicht, ob ich morgen noch hier bin", erwiderte Lukas.

Neles Miene trübte sich etwas ein. „Na, mal sehen." Sie erhob sich. „Ich muss dann auch los. Du bist ja bestimmt noch nicht fertig mit Essen, oder?", jetzt blitzte wieder der Spott aus ihren Augen.

„Vielleicht noch eine Kleinigkeit", er richtete den Oberkörper auf, um den Tisch zu überblicken. „Aber einen Kaffee trinke ich auf jeden Fall noch."

„Dann bis später."

„Ja." Die mit ihren geheimnisvollen Großeltern, dachte Lukas. Er goss sich Kaffee ein und probierte mit seinem Löffel die verschiedenen Aufstriche, die ihm bis auf die Marmeladen nicht besonders schmeckten.

An seine Großeltern hatte er nur noch wenige Erinnerungen - und keine guten. Sie konnten die Homosexualität ihrer Tochter nie akzeptieren und hielten ihn für einen unnatürlich entstandenen Bastard. Wahrscheinlich würden sie heute ihre Krankheit als gerechte

Strafe Gottes für ihr sündhaftes Verhalten ansehen. Zum Glück hatten sie seit über 15 Jahren keinerlei Kontakt mehr mit ihnen.

Plötzlich stand der glatzköpfige Marcel vor ihm.

„Du willst wohl abräumen?", fragte Lukas auf Englisch.

„Kannst dir ruhig Zeit lassen."

„Ich trink nur noch den Kaffee aus, alles andere könnte weg."

„Kann ich dich nachher mal sprechen? Ich hätte da ein paar Fragen an dich."

„Aber klar."

„Also später im Aufenthaltsraum? Ungefähr in 'ner Stunde?"

„Einverstanden. Ich hab zwar keine Uhr, aber ich wollte mich sowieso da aufhalten, weil ich auf diesen Anwalt warten muss."

Marcel nickte wissend und ging wieder weg, ohne etwas vom Tisch mitzunehmen. Natürlich war auch er bestens informiert.

Bevor Lukas den Speiseraum verließ, schaute er sich den Plan für den Tischdienst an. Er stand wirklich nur einmal darauf. Jemand hatte Bruce durchgestrichen und seinen Namen dort hingeschrieben.

Lukas saß in einem Sessel, der mit einem weiteren in der Nähe des Eingangs stand. Er las in dem Buch. Bevor 1884 der Längengrad von Greenwich als Nullmeridian international festgelegt wurde, galt der Längengrad von El

Hierro als Nullmeridian, nach dem sich über Jahrhunderte alle Landkarten und die Navigation richteten.

Wie wichtig diese kleine Insel doch einmal war, dachte Lukas.

Im 19. Jahrhundert benutzte Spanien El Hierro als Verbannungsinsel. Unbequeme Politiker, Schriftsteller und Freigeister wurden dorthin deportiert. So kam auch der erste Mediziner auf die Insel, der von der Bevölkerung verehrt wurde.

1899 vernichtete ein Großbrand das Rathaus von Valverde und das darin befindliche Archiv, das 350 Jahre geführt worden war. Ungefähr zu dieser Zeit brach eine Pockenepidemie aus und lange Dürren folgten auf starke Regenfälle. Die beiden Weltkriege brachten El Hierro wiederum wenig Unheil.

1948 zwang eine langanhaltende Dürre viele Inselbewohner zur Auswanderung. Ziele waren unter anderem Kuba, Venezuela und Puerto Rico, die sie mit kaum hochseetauglichen Segelschiffen erreichten.

Erneut stand Marcel vor ihm und fragte: „Passt es jetzt?"

„Ja." Lukas steckte sein primitives Lesezeichen ins Buch und klappte es zusammen.

Marcel ließ sich in den anderen Sessel fallen. „Kommst du aus einer deutschen Großstadt?"

Lukas nickte. „Sogar aus der Hauptstadt. Aus Berlin."

„Wie ist es da zu leben?“

„Aufregend, hektisch, voll und laut - aber auch interessant, abwechslungsreich und toll. Man kann so vieles machen. Es gibt unzählige Angebote in allen Bereichen.“

„Ich will auch in einer Großstadt leben.“

„Kannst du ja später noch. Du bist doch noch sehr jung.“

„Aber die lassen mich hier nicht weg“, Marcel runzelte die Stirn. „Was ja auch schlecht geht als abscheulicher Graskopf.“

„Hast du deshalb eine Glatze?“

„Ja. Ich hasse das.“

„Kann man diesen Pflanzenwuchs denn irgendwie rückgängig machen?“

„Doch, das geht. Aber nur durch ein aufwändiges Verfahren. So was ähnliches wie 'ne Chemotherapie.“

„Und? Willst du das machen lassen?“, fragte Lukas.

„Sofort. Ich will das loswerden. Aber meine Eltern erlauben es nicht. Sie meinen, das wäre zu gesundheitsschädlich. Ich bin ja noch nicht volljährig.“

„Verstehe. Und durch diese Behandlung würde der pflanzliche Anteil in deiner DNA für immer verschwinden?“

Marcel nickte begeistert. „Das wünsche ich mir so sehr.“

„Kennst du denn jemanden, bei dem das schon mal durchgeführt wurde?“

„Ich persönlich nicht. Aber ich habe gehört,

dass es im Institut im Laufe der Zeit schon einige erfolgreiche Behandlungen gegeben hat. Obwohl die das natürlich nur äußerst ungern und eigentlich anders herum machen. Die züchten dem menschlichen Erbgut ja schließlich das pflanzliche erst an."

„Das ist echt verrückt. Könnte man mir das auch noch anzüchten?"

„Ich denke schon. Aber das willst du doch wohl nicht?"

„Nein."

„Wohnst du in einem Hochhaus?"

Lukas schwenkte den Kopf hin und her. „Das nicht gerade. Aber immerhin im 6. Stock."

„Da hat man bestimmt 'ne tolle Aussicht über die Stadt."

„Ja."

„Habt ihr auch U-Bahnen?"

„Jede Menge."

„Hast du auch ein schnelles Auto?"

„Für mich ist es schnell genug."

„Welche Höchstgeschwindigkeit bist du schon mal gefahren?"

„180."

„Wahnsinn!", Marcel sah ihn voller Bewunderung an.

„Aber eigentlich braucht man in einer Großstadt kein eigenes Auto, weil die öffentlichen Verkehrsmittel überall verfügbar und kostengünstig sind. Und Parkplätze für Autos sind Mangelware."

Der Doc mit seinem Anglerhut und ein

kahlköpfiger Mann mit einem Aktenkoffer betraten den Aufenthaltsraum und kamen sogleich zu ihnen.

Lukas erhob sich erfreut. Endlich ging es mal weiter. „Hallo", er reichte dem chinesischen Arzt die Hand.

„Darf ich vorstellen, das ist unser Justiziar Cyrus", der Doc zeigte auf den Mann mit der gleichen Glatze wie Marcel, er war so Mitte fünfzig.

„Guten Tag, Lukas", Cyrus schüttelte ihm die Hand.

„Lange angekündigt und endlich da", konnte sich Lukas nicht verkneifen.

„Es hat alles etwas länger gedauert. Aber jetzt können wir die Formalitäten erledigen."

„Sehr gerne."

Marcel stand nun auch auf und sagte: „Kann ich dich nachher noch mal sprechen, Cyrus?"

„Ich wüsste nicht, wozu", konterte der ungehalten. Zwischen uns gibt es nichts Neues."

„Aber ich will diese Therapie so schnell wie möglich."

„Dein Wille ist da nicht entscheidend. Deine Eltern lehnen den Eingriff nach wie vor ab. Du musst erst volljährig sein. Also nächsten Jahr."

„So lang halt ich das nicht mehr aus. Es muss doch eine Ausnahme geben", erwiderte Marcel etwas lauter.

„Gibt es nicht", Cyrus warf dem Doc einen hilfesuchenden Blick zu.

Der klopfte Marcel auf die Schulter. „Dieses eine Jahr wirst du doch auch noch überstehen.“

„Nein.“

„Lukas, wir beide setzen uns schon mal da hinten an den Tisch und fangen an.“ Cyrus ging vor, Lukas folgte ihm etwas irritiert.

„Der kann mich doch nicht einfach so stehen lassen!“, beschwerte sich Marcel.

„Er hat sich schon zig mal mit deinem Fall befasst“, sagte der Doc.

„Na und? Ich will endlich ...“

„Beruhige dich, Marcel!“, der Chinese hielt jetzt beide Oberarme von ihm und fixierte ihn streng. „Lass uns mal an die frische Luft gehen.“

„Scheiße!“, maulte Marcel unschlüssig.

„Komm, wir gehen mal kurz raus“, der Doc schirmte ihn mit seinem Körper ab und dirigierte ihn zum Ausgang und nach draußen.

Cyrus und Lukas hatten sich gegenüber an den großen Tisch gesetzt.

„Der macht jedes Mal so ein Theater“, sagte Cyrus, öffnete seinen Aktenkoffer und nahm zwei Klarsichtmappen heraus.

„Ich kann ihn schon verstehen“, Lukas betrachtete die Unterlagen mit gemischten Gefühlen.

„Aber wir haben jetzt Wichtigeres zu tun. Also, ich bin der Syndikus der Homo herba-Stiftung. Das hat nichts mit Sünde zu tun, sondern ist der Rechtsbeistand einer Körperschaft.“

Soll das ein Witz gewesen sein?, fragte sich Lukas und nickte nur.

„Mit der Unterschrift unter diese Verschwiegenheitserklärung verpflichtest du dich, weder in Wort, Schrift, Ton oder Bild etwas über die biologische Besonderheit der Bewohner von El Hierro an andere weiterzugeben. Das gilt weltweit und für alle Zeit, sowohl in der Öffentlichkeit als auch im privaten Bereich. Übrigens arbeiten wir mit renommierten Kanzleien auf der ganzen Welt zusammen.“

„Das scheint mir strenger zu sein als beim Geheimdienst.“ Beim Anblick seines Gegenübers löste sich Lukas’ Lächeln rasch auf.

„Das kann ich nicht beurteilen.“ Cyrus legte die beiden Mappen vor sich hin. „Eine ist für dich, die andere für uns. In beiden ist der Text auf Englisch und auf Deutsch, beide Fassungen müssen an den markierten Stellen unterschrieben werden. Ich habe bereits alles als Bevollmächtigter der Homo herba-Stiftung unterzeichnet. Das hier ist deine Ausfertigung“, er drehte einen Hefter geschickt und schob ihn zu Lukas rüber.

„Ist das nicht alles etwas übertrieben?“

„Keineswegs. Wir müssen uns dauerhaft davor schützen, von jedweder Art der Sensationsmedien entdeckt und weltweit präsentiert zu werden. Es käme unweigerlich zu einer Invasion auf unsere friedliche Insel durch Journalisten, Fernsehteams, Blogger und

Schaulustige. Das müssen wir unbedingt verhindern.“

„Mein Wort reicht euch da nicht.“

„Nein. Viele Sender und Verlage würden dir eine Menge Geld für diese Informationen bezahlen, wenn sie davon erfahren würden.“

Der Doc kam alleine wieder zurück und setzte sich an ihren Tisch.

„Hat er sich wieder beruhigt?“, erkundigte sich Cyrus.

„Einigermaßen. Bis zum nächsten Mal.“

„Ja“, der Anwalt zog ein überdrüssiges Gesicht.

„Und wie weit seit ihr?“

„Lukas muss sich jetzt alles genau durchlesen und bei Unklarheiten nachfragen. Bitte“, er nickte ihm auffordernd zu.

Lukas klappte die Mappe auf und begann zu lesen. Er fühlte sich überhaupt nicht wohl bei der Sache.

13

Erst als Lukas umblätterte und mit der zweiten Seite begann, brach er das Schweigen am Tisch, und das gleich ziemlich lautstark: „Was? Wie viel? Das kann doch wohl nicht euer Ernst sein!“

„Die Summe ist durchaus angemessen“, erwiderte Cyrus, „auch wenn sie dir zu hoch erscheint.“

„Zu hoch? Die ist gigantisch!“

„Nur für dich. Nicht für Fernsehsender, Internetanbieter oder Verlage.“

„500.000 Neuros? Eine halbe Million?“, Lukas sah entsetzt von Cyrus zum Doc und wieder zurück.

„Wir brauchen eine glaubhafte Abschreckung. Keine Summe, die sich bei einem Medienkonzern nach relativ kurzer Zeit amortisiert hat.“

„Aber ich werde doch an erster Stelle auf die Zahlung verklagt, wenn ich etwas von euch Pflanzenmenschen verrate!“

„Das würde natürlich das jeweilige Unternehmen tragen.“

„Und wenn ich es in Partylaune unter Freunden erzähle und einer von denen das dann veröffentlicht?“

„Das darfst du eben nicht“, entgegnete Cyrus. „Dann hättest du Pech gehabt. Oder besser: selber Schuld.“

„Aber 500.000 Neuros? Die kann ich in meinem ganzen Leben nicht verdienen. Folglich würdet ihr die auch nie kriegen.“

„Wir verfügen über hervorragende Anwälte für entsprechende Klagen. Und über erfolgreiche Inkassobüros. Auf der ganzen Welt.“

„Sieh es nur als abstrakte Abschreckung an“, sagte der Doc, der wohl vermitteln wollte. „Wenn du dich an die Abmachung hältst, brauchst du keinen einzigen Neuro zu zahlen. Und jetzt lies bitte weiter, damit wir auf Teneriffa heute noch etwas erreichen können.“

Lukas war absolut nicht beruhigt, aber der Hinweis auf Iris verschob seinen Schwerpunkt abrupt. Also ballte er seine linke Faust unter dem Tisch und las weiter.

Der Neuro wurde erstens so genannt, weil es sich um den Neo-Euro nach der großen Währungsreform handelte – und zweitens, weil nur noch die neun Euro-Stammländer dieses Zahlungsmittel besaßen, für die anderen galt es aber noch als Leitwährung neben ihrer jeweiligen Landeswährung.

Beim erneuten Umblättern warf Lukas vernichtende Blicke zu Cyrus, der sie aber ohne jegliche Regung abprallen ließ. Lukas las weiter, bis er auf der nächsten Seite zu den Unterschriften kam.

„Und wenn ich mich weigere?“, fragte er.

„Dann werden wir dir nicht helfen“, antwortete Cyrus.

„Und du kommst hier nicht mehr weg“, fügte der Doc hinzu.

„Ich könnte mir doch ein Boot besorgen.“

„Es wird dir keiner eins geben“, der Doc schüttelte seinen abgedeckten Kopf. „Und auch im Hafen nimmt dich ohne Pass und Geld kein Schiff mit.“

„Diese Vereinbarung ist die einzige legale, zivilisierte Möglichkeit“, sagte Cyrus.

Lukas fühlte sich hilflos und über den Tisch gezogen, aber er durfte sich nicht aufregen. Er musste diese absurde Summe einfach ausklammern, wenn er wieder gefahrlos in seine moderne Welt zurückwollte. Er nahm den hochwertigen Kugelschreiber, der vor dem Anwalt lag, und setzte seine Unterschrift an alle markierten Stellen.

„Gut. Und jetzt bei unserer Ausfertigung“, Cyrus schob ihm die andere Mappe zu und beaufsichtigte sein korrektes Unterzeichnen. Anschließend packte er sie sofort in seinen Aktenkoffer und schloss ihn.

„Und wie geht's jetzt weiter?“, fragte Lukas, der sich als Verlierer vorkam.

Cyrus sah ihn eindringlich an. „Wenn ich wieder in meinem Büro in Valverde bin, werde ich in deinem Hotel anrufen und deine Freundin über alles informieren.“

„Kann ich nicht gleich mitkommen und selber mit ihr sprechen?“

„Nein.“

„Das wäre doch viel einfacher.“

„Nein. Ich werde ebenfalls die Polizei über deinen Aufenthaltsort unterrichten. Auch das funktioniert mit spanischen Sprachkenntnissen effektiver."

Lukas stieß die Luft durch die Nase aus wie ein wütender Stier. Aber er beherrschte sich. „Kann ich die Insel dann heute noch verlassen?"

„Das wird nichts mehr werden", erwiderte Cyrus. „Die Überfahrt, die Begleitung, … Da muss eben noch einiges organisiert werden. Aber morgen klappt es bestimmt."

„Mann!", Lukas schlug mit der flachen Hand auf den Tisch und schnaufte erbost.

Cyrus hatte nicht mal mit der Wimper gezuckt. „Was soll das?", fragte er abfällig.

„Sobald ich etwas Genaueres weiß, komme ich vorbei und gebe dir Bescheid", sagte der Doc.

Lukas nickte nur mit zusammengepressten Lippen. Er kochte vor Wut.

„Dann sind wir also fertig hier", Cyrus steckte den Kugelschreiber in die Innentasche seines Leinensakkos.

„Wollen wir hier noch zu Mittag essen?", erkundigte sich der Doc mit einem Seitenblick auf seine Armbanduhr. „Das müsste gleich so weit sein."

„Nein, danke", Cyrus zog ein herablassendes, leicht angewidertes Gesicht und erhob sich.

Beim Mittagessen hatten sich manche am Tisch über die Schweigsamkeit von Lukas gewundert und sich nach seinem Befinden erkundigt. Er hatte nur wortkarg geantwortet, aber zugegeben, dass er sich über den arroganten Anwalt und diese Verschwiegenheitserklärung geärgert habe. Alle am Tisch schienen erleichtert darüber zu sein, dass er sie dennoch unterschrieben hatte.

Erst als Lukas dann mit Samira im leeren Speiseraum den Tischdienst erledigte, wurde er heiterer und gesprächiger, weil sie ihn geschickt dazu provozierte, stichelte und sich über ihn lustig machte.

„Wer macht eigentlich diesen Dienstplan?", fragte Lukas.

„Na, ich."

„Bist du hier die Chefin?"

„So etwas gibt's bei uns nicht. Aber einer von uns kümmert sich abwechselnd um das Organisatorische hier. Also diverse Pläne, Bestellungen, Einkäufe und so weiter."

„Sehr verantwortungsvoll", sagte Lukas mit beeindruckter Miene und fragte sich, ob Samira gerne mit ihm zusammen war, weil sie ihn heute zu sich eingeteilt hatte.

„Veräppelst du mich jetzt?" Sie lächelte ihn so wunderbar an, dass er sie am liebsten in die Arme genommen hätte.

„Das würde ich mir nie erlauben." Er vergaß, sich aufs Jonglieren des Tellerstapels zu konzentrieren und mehrere Besteckteile landeten scheppernd auf dem Boden.

„He, aufpassen, junger Mann!", rief sie

gespielt streng.

„Entschuldigung.“

„Lass bloß keine Teller fallen!“

„Dann hätten wir doch weniger Abwasch.“

„Ich warne dich!“, sie drohte ihm mit ihrer freien Faust, und beide lachten.

Nachdem sie ihre Arbeit im Speiseraum und der Küche erledigt hatten, setzten sich Samira und Lukas auf die Schattenbank hinter dem Haus. In den Bäumen zwitscherten Vögel, auf der Blumenwiese zirpten und summten die Insekten, ansonsten war es total still.

„Es ist wirklich schön hier“, sagte er.

„Und trotzdem verlässt du uns morgen wieder?“

„Ja. Jedenfalls aller Voraussicht nach. Aber das habe ich auch schon gestern gedacht - und vorgestern eigentlich auch.“

„Ich werde dich vermissen“, sagte Samira etwas betrübt.

„Ich dich auch.“ Lukas drehte sich zu ihr und sah ihr schönes Gesicht, ihre tiefgründigen dunklen Augen und ihre Lippen, die ihn magisch anzogen. Er küsste sie auf den Mund, spürte in dem Moment eine Abwehrhaltung in ihr. Seine Zungenspitze stieß gegen die Mauer ihrer Zähne. Sie öffnete sich nicht, erwiderte seinen Kuss nicht. „Was ist denn?“, fragte er verunsichert.

„Wir sollten das nicht tun“, Samiras Augen glitzerten feucht.

„Warum nicht?"

„Na, wegen deiner Freundin. Die macht sich große Sorgen um dich und mobilisiert alles für die Suche nach dir, und du willst eine andere Frau küssen und bestimmt noch mehr."

Er nickte stumm und fühlte sich augenblicklich mies. Trotzdem musste er an den moosgrünen Schambereich im Traum denken.

„Das würde ich auch nicht wollen. Das ist nicht gut von dir. Man sollte sich treu sein und aufeinander verlassen können."

„Ja", hauchte er schuldbewusst, obwohl er es nicht so schlimm fand. Sie war eine wunderschöne junge Frau mit einem verheißungsvollen Körper, da musste doch jeder Mann schwach werden.

„Ich bin mir zu schade für einen Seitensprung."

„Verstehe." Lukas setzte sich wieder richtig hin. Irgendein Vogel kreischte höhnisch.

„Ich will auch keine Liebschaft nur für eine Nacht. Das findest du wahrscheinlich altmodisch, aber ich bin eben so."

„Nein, gar nicht", erwiderte Lukas und schämte sich sofort, weil es gelogen war. Er sollte wirklich erst nachdenken, bevor er seine abrufbereiten Floskeln von sich gab.

„In deiner Welt ist das bestimmt anders und lockerer." Samira sah ihn an, und ihre Blicke verbanden sich.

Lukas fühlte, dass da etwas zwischen ihnen passierte. Da war etwas Anziehendes, wie von einem warmen Magneten. Er räusperte sich. „Nun, das sieht jeder anders. Viele wollen gar keine feste Bindung, sondern frei sein und alles ausprobieren. Andere wollen früh heiraten und eine Familie gründen. Und manche versuchen leider auch beides. Das sind die Fremdgeher." War er so einer?

„Und was willst du?", Samira schaute ihm tief in die Augen.

„Na ja, ich will schon eine feste Beziehung. Aber solange ich noch nicht verheiratet oder verpartnert bin, habe ich doch auch noch gewisse Freiheiten."

„Um deine Freundin zu betrügen?", fragte sie scharf.

„Nicht absichtlich oder geplant. Aber es kann passieren. Man ist doch dann noch nicht so fest verbunden wie in einer offiziellen Gemeinschaft."

„Also richtet sich deine Treue nach einem Dokument?"

„Puh!", stöhnte Lukas und atmete überfordert aus. „Du setzt mich ganz schön unter Druck, Samira."

„Das bist du wohl nicht gewohnt?" Ihre Augen waren jetzt nicht mehr sanftmütig, sondern blitzten angriffslustig.

„Vielleicht", er zog unschlüssig die Schultern hoch. „Ich mache mir meist nicht so viele ernsthaften Gedanken. Ich will auch einfach nur Spaß haben, viel sehen und erleben. Man ist nur einmal jung."

„Und das reicht dir?", sie wirkte sichtlich enttäuscht.

„Im Moment anscheinend schon. Ich bin da wohl einfacher gestrickt als du." So langsam reichte es ihm, sich andauernd rechtfertigen zu müssen.

„Und was will deine Freundin?"

Ihre stechenden Fragen bedrängten ihn und regten seinen Widerstand an. „Die würde schon gerne bald heiraten und so."

„Also auch ein Kind?"

Lukas nickte nur missmutig. Er wollte sich auf keinen Fall mit Samira streiten.

„Aber du bist anscheinend noch nicht bereit dafür."

„Im Moment will ich noch so vieles andere. Man ist doch nur einmal jung."

„Na, ich will dich nicht noch mehr quälen", sie lächelte ihn versöhnlich an und strich ihm kurz über den Handrücken.

Ihre Berührung hatte so gut getan. Schade, dass er nicht mehr bekommen konnte. „Wie kann ich eigentlich mit dir Kontakt aufnehmen, wenn ich wieder in Berlin bin?"

„Willst du das denn?"

„Auf jeden Fall. Du bist mir sehr wichtig."

Samira sah ihn zweifelnd an. „Wenn du wieder in deiner hektischen Welt bist, hast du uns bestimmt bald vergessen."

„Dich will ich aber nicht vergessen."

„Bist du sicher?" Ihre Augen glitzerten geheimnisvoll.

„Ja. Ich würde sehr gerne mit dir in Verbindung bleiben. Ich weiß nur nicht, wie? Die üblichen Kommunikationsmittel wie Handy, Internet und Telefon gehen ja hier nicht."

„Wie wär's mit der guten alten Post?"

„Post?", wiederholte Lukas ungläubig. „Du meinst so mit geschriebenen Briefen?"

Samira nickte und schmunzelte. „Kriegst du das hin?"

„Bestimmt."

„Aber natürlich handschriftlich."

„Klar. Hab ich nur seit meiner Schulzeit nicht mehr gemacht."

„Dann wird's ja mal wieder Zeit."

„Du musst mir aber deine Adresse ganz genau aufschreiben."

„Mach ich noch."

„Vielleicht kann ich dich dann irgendwann zu einem Besuch überreden."

„Vielleicht", erwiderte Samira vieldeutig und erhob sich. „Aber jetzt muss ich zu meinen Eltern."

14

Lukas saß immer noch auf der Bank, als er von deutschen Worten aus seinen Gedanken gerissen wurde.

„Ach, hier steckst du!", rief Nele und kam zu ihm. „Und dann noch ganz alleine. Ich hab dich schon überall gesucht."

„Was ist denn los?"

„Du wolltest doch gerne meine Großeltern kennenlernen." Sie war wieder aufreizend angezogen: enges Top und super kurze Jeans. „Jetzt wäre die Gelegenheit. Du darfst ja nun alles erfahren. Und morgen bist du ja wahrscheinlich wieder weg. Was meinst du?"

„Ja. Das wär klasse."

„Oder bist du zu erschöpft vom Tischdienst?", fragte Nele spöttisch.

„Nee. Alles bestens."

„Gut. Wir fahren nämlich mit den Rädern dorthin. Wir haben hier immer welche zur freien Verfügung."

„Prima."

„Dann komm."

Lukas stand auf und folgte ihr zu einer anderen Seite des Hauses, wo unter einem gewellten Dach zahlreiche Fahrräder standen. Nele zeigte ihm eins, das er nehmen konnte. Sie hatte natürlich ein neueres, besseres. Sie stellte einen gefüllten Wasserkanister und einen Stoffbeutel in den hinteren Korb, setzte sich drauf, klingelte und fuhr los. Lukas strampelte ihr mühsam hinterher, der Sattel war für ihn etwas zu tief eingestellt. Aber nach einem kurzen Stück hatte er sich daran gewöhnt und sie eingeholt.

„Na, schaffst du's?", erkundigte sich Nele neckisch.

„Klar."

Sie kamen auf einen Feldweg. Links standen viele Obstbäume, rechts wurde unterschiedliches Gemüse zwischen Bewässerungsrinnen angebaut. Dort arbeiteten auch zwei Männer, die sich auf ihre Hacken abstützten und ihnen zuwinkten. Sie erwiderten ihren Gruß.

Nach dem Gemüse folgte ein wogendes Kornfeld. Weiter hinten fuhr ein relativ kleiner Traktor mit einem leeren Anhänger.

„Sind die auch elektrisch?"

„Natürlich", antwortete Nele.

„Habt ihr hier eigentlich keine Windkraftanlagen?"

„Nein. Die Sonne reicht uns."

Der Weg stieg nun allmählich an, was Lukas gleich in seinen Beinen spürte. An die Benutzung eines einfachen Fahrrads konnte er sich überhaupt nicht mehr erinnern. Nele hatte natürlich eine Gangschaltung und radelte ganz lässig neben ihm her. An das Kornfeld und die Obstbäume schloss sich eine Heidelandschaft an. Dahinter begann ein lockerer Wald.

„Die Steigung ist bald vorbei", sagte Nele.

„Kein Problem." Er sparte seine Luft lieber

zum Strampeln.

Der Weg wurde nun deutlich schmaler. In gewissen Abständen zweigten zu beiden Seiten Pfade ab. Nele nahm bald einen nach rechts. Die verschiedenen Bäume standen weit auseinander und waren erst circa drei Meter hoch. Bei den Zwischenräumen meinte Lukas manchmal unten an den Stämmen etwas zu sehen.

Nele bog erneut rechts ab und hielt nach wenigen Metern an. Sie nahm den Wasserkanister und den Beutel aus dem Korb und klappte ihren Fahrradständer aus. Lukas hatte so etwas nicht und legte das Rad auf den Boden.

„Wir sind da", sagte Nele und deutete mit einer Kopfbewegung nach links.

Lukas schaute dorthin und wunderte sich. Mitten in diesem entstehenden Wald saßen sich in einer Entfernung von ungefähr vier Metern zwei alte Menschen gegenüber. Warum sitzen die hier?, überlegte er und folgte Nele, die dann den Kanister samt Beutel abstellte.

Aus der Nähe erkannte Lukas jetzt, dass es sich um eine Frau und einen Mann handelte, die ihn mit ihren Brillen erwartungsvoll ansahen. Die Frau trug eine prächtige violette Orchidee auf dem Kopf, die Luftwurzeln bildeten einen Strang bis zu ihrer Schulter. Der Mann hatte nur noch am Hinterkopf einen spärlichen verblassten Graskranz. Beide waren mit etwas Kuttenähnlichem bekleidet und lächelten ihn an.

„Darf ich vorstellen", Nele präsentierte sie mit ausgestrecktem Arm, „meine Großeltern." Dann zeigte sie auf ihn: „Und das ist Lukas aus Deutschland."

Er gab zuerst der Frau mit einer zwangsläufigen Verbeugung die Hand, weil sie ja auf einem seltsamen Holzstuhl saß. „Sehr erfreut."

„Gleichfalls. Ich heiße Edda. Und das ist mein Mann Heinz. Du kannst uns duzen. Wir freuen uns, mit jemandem aus Deutschland zu sprechen." Sie musterte ihn mit wachen Augen.

„Sie ... Du hast ja da eine tolle Orchidee."

„Tja, auch mit 80 Jahren kann man hier noch blühen", sie zwinkerte ihm zu.

Lukas ging zu ihrem Mann und begrüßte auch ihn. Er war aber anscheinend nicht so gesprächig wie seine Gattin.

Nachdem Nele ihre Großeltern umarmt hatte, stellte sie sich in die Mitte zwischen ihnen. „Am besten bleiben wir hier stehen, damit wir uns alle besser hören können."

Erst jetzt bemerkte Lukas, dass sich an den Enden der Stuhlbeine Wurzeln gebildet hatten, die hinten gleich in die Erde wuchsen, vorne aber erst die nackten Füße der Alten mehrmals umschlungen hatten, bevor sie im Boden verschwanden. Sie wirkten wie Natursandalen. Zusätzlich spannten sich von unterhalb der Sitzfläche an allen Seiten wie Lianen ineinander verflochtene Triebe ins Erdreich.

Die Wurzeln haben sie fixiert, dachte Lukas, deshalb sind sie nicht mehr mobil.

„Lukas kommt aus Berlin", sagte Nele irgendwie auffordernd, die wie ihre Oma seinen entsetzten Blick registriert hatte.

„Steht dieses Dingsda-Tor noch?", erkundigte sich ihr Opa.

„Brandenburger Tor", berichtigte ihn sofort seine Frau.

„Ja. Das wird alle paar Jahre eingerüstet und aufwändig restauriert."

In Reichweite der Sitzenden befanden sich zusammengelegte Wolldecken, Schirme, gefüllte Wasserflaschen, Bücher und Frischhaltedosen.

„Unser Anblick hat dich wohl schockiert?", Edda beäugte ihn listig.

Lukas nickte betroffen. „Ihr könnt also nicht mehr aufstehen?"

„Nein. Unser Stuhl und wir haben Wurzeln geschlagen." Edda überprüfte den richtigen Sitz ihrer Orchidee. „Und die halten uns fest und werden uns irgendwann auch versorgen."

„Aber das ist doch furchtbar!"

„Gar nicht", Heinz schüttelte belustigt den Kopf.

„Das ist nur unser letzter Lebensabschnitt", fügte seine Frau hinzu.

„Wie lange sitzt ihr denn schon so hier?"

„Seit meinem 82. Geburtstag", antwortete Heinz.

„Fast ein Vierteljahr", erläuterte Nele.

„Konntet ihr denn vorher noch gehen?"

„Nur ziemlich beschwerlich", sagte Edda. „Mit so einem Rollator. Für längere Strecken mussten wir im Rollstuhl sitzen."

„Aber ihr konntet euch wenigstens noch bewegen."

„Können wir jetzt auch noch", Heinz hob die Arme und drehte die ausgestreckten Hände.

„Opa!", Nele lachte und strahlte ihn an.

„Wir sind hier am richtigen Platz und fühlen uns wohl", sagte Edda. „Du brauchst uns nicht zu bemitleiden. Wir sind keine Gefangenen. Alles ist gut. Wir wussten, was auf uns zukommt. Unsere Eltern haben sich vor unserer Geburt die Baumart für uns ausgesucht. Ich werde mal eine Linde. Vielleicht mit einem schönen Farbtupfer", sie berührte die Luftwurzeln ihrer Orchidee.

„Und ich werde eine Lärche", verkündete Heinz. „Die haben ganz weiche Nadeln."

„Und wie lange dauert diese Verwandlung?"

„Bis wir nur noch als Stamm und Gesicht erkennbar sind, sicherlich zehn Jahre", sagte Edda.

„Euer Gesicht ist am Baumstamm zu sehen?", Lukas starrte sie entgeistert an.

„Ja. Mehr oder weniger deutlich. Das kommt auf die Beschaffenheit der Rinde an. Bei mir garantiert besser, als bei meinem Mann."

„Aber ...", Lukas kratzte sich verstört den Kopf. „Ihr seid doch dann schon ... im Baum gestorben. Wie soll das gehen?"

„Solange unser Baum lebt, leben wir auch weiter. In und mit ihm. Wir sind ein Teil von ihm. Er ist ja aus uns erst gewachsen. Wie das mit dem Gesicht funktioniert, kann ich dir allerdings nicht erklären. Da musst du mal meinen Sohn fragen, den Daniel."

„Mit dem hab ich mich schon mal unterhalten."

„Tatsächlich?"

„Der ist Biologe", gab Heinz an.

„Ich weiß." Lukas überlegte, wie die beiden so fixiert ihre Notdurft verrichten konnten. Wahrscheinlich hing unter dem offenen Stuhl ein Eimer. Aber er wollte sich natürlich nicht bücken und nachschauen.

„Warst du schon mal in Bochum?", fragte Edda.

„Nein."

„Da kamen meine Eltern her. Als junges, engagiertes Paar. Die hatten genug davon, dass nur ständig über Veränderung, Klimawandel und Umweltschutz gequatscht wurde, aber nicht viel Positives passierte. Da wollten sie hier ein neues, anderes Leben anfangen und zu einem aktiven Teil der Natur werden. Nicht nur verbal, sondern wirklich sein. Für die war Dr. Austin wie Jesus, und er hatte Jünger aus allen möglichen Ländern."

„Warst du mal in Essen?", wollte Heinz wissen.

„Auch nicht. Aber das sind jetzt alles nur

noch Stadtteile der riesigen Ruhr-City."

„Wirklich?", wunderte er sich.

„Und eure Eltern haben sich dann bereitwillig von diesem Austin gentechnisch behandeln lassen? War das nicht ein Widerspruch für freiheitsliebende Umweltschützer?" Mit einem Seitenblick vergewisserte sich Lukas, wie Nele auf seine kritischen Äußerungen reagierte. Doch sie hörte nur aufmerksam und entspannt zu.

„Als Außenstehender könnte man das meinen", erwiderte Edda. „Aber sie vertrauten ihm absolut und waren von seiner Lehre überzeugt. Sie wollten mehr als endlose Diskussionen und sich ewig wiederholende Demonstrationen, nicht noch mehr Theorie, sondern endlich etwas Praktisches, Handfestes. Auch wenn sie an der Regierung beteiligt waren, konnten selbst die Grünen keine radikalen Verbesserungen durchsetzen, weil sie stets Rücksicht auf ihre Koalitionspartner nehmen mussten, die jede gut gemeine Idee durch ihre Bedingungen verwässerten."

„Aber in einer Demokratie muss man sich immer auf Kompromisse einigen", erwiderte Lukas.

„Genau das wollte die engagierte Jugend damals nicht mehr. Kein Reförmchen auf dem kleinsten gemeinsamen Nenner, sondern alles, das volle Programm. Sie wollten durch und mit Austin eine neue, bessere Menschenart erschaffen, mit einem pflanzlichen, klimafreundlichen Anteil."

„Entschuldigung - aber wie konnten sie verantworten, dass derart massiv in die Körper ihrer ungeborenen Nachkommen eingegriffen wurde?"

„Weil sie es alle unbedingt wollten. Es war eine große Gemeinschaft Gleichgesinnter."

„Gentechnik und Naturschutz sind doch eigentlich Gegensätze."

„Für uns nicht unbedingt. Ohne gentechnisch hergestellte Impfstoffe hätte die Menschheit die Pandemien nicht überlebt. Und auch für die Medizin werden viele Organe mit Hilfe von tierischer DNA geschaffen."

„Ich kann eventuell verstehen, dass die es zuließen, dass ihr Erbgut einfach manipuliert wurde. Es war ihre Überzeugung und ihr freier Wille. Aber ihre Kinder hatten doch keine Wahl."

„Das ging nun mal nicht anders", Edda zuckte mit der orchideefreien Schulter. „Diese Entscheidung wurde damals von allen akzeptiert. Und die Kinder wurden sofort Teil dieser Gemeinschaft und entsprechend sozialisiert. Wir waren alle begeistert davon, Grashaare oder Blumen auf dem Kopf zu haben. Ich bin es immer noch."

„Und was ist mit diesem Marcel hier, der sein pflanzliches Erbgut hasst und es loswerden will, aber nicht darf?", provozierte Lukas.

„Den kenne ich nicht. Und auch keinen von

der Sorte."

„Das ist ein Einzelfall", erklärte Nele, „unser einsamer Rebell. Aber wenn er volljährig ist, kann er es sich wegmachen lassen."

„Na siehst du", triumphierte Edda.

Lukas entschloss sich zum Zurückrudern, um niemanden zu verärgern. Er wollte die auf ihren Endstationen Sitzenden schließlich nicht von ihrer Fehlentwicklung überzeugen, sondern möglichst viel von den Pflanzenmenschen erfahren. „Das ist alles wirklich unglaublich."

„Aber hier so geschehen. Und es wird über unser Leben hinaus weitergehen."

„Habt ihr diesen Dr. Austin eigentlich noch persönlich erlebt?"

Edda nickte stolz. „Als kleines Mädchen hab ich ihn bei einigen Großveranstaltungen gesehen. Aber da war er schon ein alter Mann. Obwohl seine Frau viel jünger war, die hätte seine Enkeltochter sein können. Dementsprechend hatte er auch zwei Kinder, die noch nicht lange zur Schule gingen, ein hübsches Pärchen. Ich muss gestehen, dass ich auf die blauen Blüten des etwas älteren Mädchens neidisch war. Die Ehefrau trug eine weiße Orchidee wie eine Krone."

„Das kommt doch öfter vor, dass sich erfolgreiche Männer nach zig Jahren von ihren Frauen trennen und sich eine Jüngere nehmen", sagte Lukas.

„Nein, nein. Dr. Austin war vorher noch nicht verheiratet gewesen."

„Aha." Lukas behielt seine Gedanken lieber für sich: Dieser Guru hatte also seine spätere Schwiegermutter genetisch so präpariert, dass sie seiner zukünftigen Gattin ein prächtiges Orchideenhaupt vererben konnte. Er hatte seine Frau noch vor ihrer Zeugung nach seinen Wünschen herangezüchtet. Verdammt manipulativ.

Heinz meldete sich zu Wort: „Ich habe Austin mit seiner jungen Familie auch mehrmals gesehen."

„Schön." Lukas betrachtete die verwurzelten Stühle und Füße der beiden mit unbewusstem Abscheu.

„Na, was denkst du gerade?", Edda blickte ihn lauernd an.

„Das ist schon sehr extrem." Aber er dachte: Es ist erbärmlich und entwürdigend.

„Wieso?"

„Na, ihr sitzt hier beide ganz alleine im Wald, festgeklammert durch Wurzeln, der Witterung ausgesetzt, ohne die Möglichkeit, im Notfall Hilfe anzufordern."

Edda konterte streitlustig: „Glaubst du, in euren Versorgungsfabriken, die ihr immer noch Altenheime nennt, würden wir uns besser fühlen?"

„Ich meine schon."

„Wir nicht. Wir wollen jedenfalls nicht in einer langen Reihe dieser Spezialbetten liegen, wo man automatisch gewendet wird und durch Schläuche Wasser und Nahrung bekommt, mit einem Anschluss für Urin und Stuhlgang."

„So schlimm muss es doch nicht überall sein", sagte Lukas, obwohl er sich noch nie dafür interessiert hatte.

„Ist es aber für bettlägerige Pflegefälle."

„Woher willst du das denn wissen?"

„Durch kritische Berichterstattung im deutschen Fernsehen, das wir unser Leben lang geguckt haben."

„Das kann ich bestätigen", Nele nickte.

Edda beugte sich etwas vor. „Wir sitzen hier in der freien Natur, erfreuen uns jeden Tag am Sonnenauf- und -untergang, und nachts am grandiosen Sternenhimmel. Wir riechen den Wald, hören die Vögel zwitschern, sehen Insekten, Eichhörnchen und Mäuse. Wir sind zwar alt, aber wir leben und verändern uns noch positiv. Aus uns wächst etwas Neues, Großes, das es ohne uns so nicht geben würde. Zu jeder Jahreszeit werden wir anders aussehen und anfangs spüren, wie die Säfte in uns auf- und absteigen. Dann wandeln wir als Baum das schädliche Kohlendioxid um und geben im Laufe der Zeit noch mehr Sauerstoff an die Welt ab, als wir vorher verbraucht haben. Das ist doch viel besser, als verbrannt zu werden oder in einem Grab zu vermodern. Denk mal in Ruhe und unvoreingenommen darüber nach, mein lieber Junge."

Lukas nickte beeindruckt. Jetzt wusste er, von wem Daniel das überzeugende Reden geerbt hatte.

„Aber jetzt muss ich erst einmal etwas trinken“, sagte Edda. „Ich habe einen ganz trockenen Hals vom vielen Reden.“ Sie nahm die Flasche vom Boden rechts neben ihr und setzte sie an.

Nele klatschte in die Hände, was ihren Opa zusammenzucken ließ. „Das ist die passende Pause. Genug diskutiert.“

„Aber ihr könnt doch noch bleiben“, sagte Edda.

„Nein. Wir brechen dann wieder auf.“

„Schade.“

„Lukas, wartest du mit deinem Rad an der letzten Abzweigung auf mich? Ich muss hier noch einiges erledigen.“

„Ist gut.“ Er ging zu Heinz und verabschiedete sich von ihm.

„Und grüß Deutschland von uns“, sagte der.

„Mach ich.“ Lukas wechselte zu Edda, gab ihr die Hand. „Vielen Dank für das sehr interessante Gespräch.“

„Ich danke auch.“ Sie strahlte ihn an und streckte ihre Arme hoch. Er bückte sich, und sie umarmten sich innig.

„Tschüss dann“, sagte Lukas, als er wieder aufrecht stand. „Und alles Gute.“

Edda und Heinz wünschten ihm eine gute Heimreise und winkten ihm zu. Er nahm das Fahrrad vom Boden und schob es den Pfad zurück.

„Bis gleich“, rief Nele ihm hinterher.

Ein Stück weiter sah er zwei Frauen, die
zwei beieinander stehende Baumstämme innig
umarmten. Sie waren so in ihr Tun vertieft,
dass sie ihn gar nicht bemerkten. Er fand ihr
Verhalten befremdlich. So wie vieles hier.

15

Lukas saß im Gras, neben dem abgelegten Rad. Er bewunderte Edda, weil sie mit 80 Jahren geistig noch so rege war und solche Reden halten konnte, weil sie hundertprozentig von ihrer bevorstehenden Metamorphose überzeugt war und sich regelrecht darauf freute, ein Baum zu werden.

So eine geistreiche, engagierte Großmutter hätte er auch gerne gehabt.

Es war natürlich absolut utopisch und unbegreiflich, aber mit Blick auf die CO_2-Bilanz der Menschheit auch genial, nicht beerdigt oder zu Asche zu werden, sondern zu einem lebendigen Baum, der sicherlich über Jahrhunderte hinweg Fotosynthese betreiben konnte.

In weiter Entfernung hörte er Stimmen, die sich in einer unverständlichen Sprache unterhielten. Womöglich saßen hier überall verstreut solche Alten auf ihren hölzernen Wunderstühlen und warteten frohen Mutes auf ihre Verwandlung.

Ob ihr Leben nur so enden konnte? Oder durften sie auch zu Hause im Bett sterben? Wie konnte man diesen unglaublichen Gestaltwechsel überhaupt so programmieren, dass er mit circa 80 Jahren begann und irgendwann als stattlicher Baum endete? Und wo blieb ihr Körper da im Stamm? Ab wann starb der Mensch da drin? Und was sollte das mit dem

Gesicht?

Es klingelte, Nele kam angeradelt und bremste forsch vor ihm.

Lukas stand auf und sagte: „Na, deine Oma ist ja was ganz Besonderes."

„Ja", sie lächelte, „das ist sie."

„Sitzen hier noch mehr Leute wie deine Großeltern?"

„Natürlich. Aber großzügig verteilt. Das hier ist das Gebiet der ersten Entwicklungsstufe. Wenn man diesem Weg weiter folgt, sieht man nach und nach alle Phasen. Hier beginnt unser Ahnenwald und endet in ungefähr fünf Kilometern vor Valverde. Und dabei werden die Bäume immer höher."

„Ist der für die ganze Insel? Oder gibt es noch andere?"

„Der Ahnenwald ist für alle Bewohner von El Hierro."

„Kannst du mir auch andere Menschen auf solchen Stühlen zeigen?"

Nele schüttelte den Kopf. „Das ist zu persönlich. Diesen Zustand teilt eigentlich jeder nur mit seiner Familie und mit Freunden. Da will keiner von Fremden begafft werden. Meine Großeltern sind da die Ausnahme."

Lukas nickte anerkennend. „Vorhin habe ich zwei Frauen gesehen, die Baumstämme umarmt haben. Warum machen die das?"

„Weil sie so ihren Angehörigen oder Vorfahren ganz nah sind", antwortete Nele. „Vielleicht waren das ihre Eltern. So haben sie

Kontakt mit ihnen, können sie fühlen. Sich womöglich sogar mit ihnen sinnlich austauschen.“

Er vermied jegliche abfällige Mimik. „Hast du das auch schon mal gemacht?“

„Nein“, sie schüttelte den Kopf. „Ich hab ja noch keinen Angehörigen, der zu einem Baum wurde. Aber bei meinen Großeltern werde ich es später auf jeden Fall probieren.“

„Und was ist mit diesen Gesichtern auf den Stämmen?“, fragte Lukas. „Stimmt das wirklich?“

„Na ja. Das ist Ansichts- und Auslegungssache. Man sieht, was man sehen will.“

„Du bist davon also nicht überzeugt?“

„Nein. Allerdings kann man manchmal mit der entsprechenden Fantasie durchaus Gesichtszüge ahnen oder sogar erkennen. Aber diese Abbildungen sind sehr unterschiedlich. Manche Umrisse kann man wirklich nur deuten und Astlöcher mit viel Einbildung als Augen bezeichnen. Je glatter die Rinde ist, umso eher nimmt man etwas wahr.“

„Du bist aber skeptisch bei der Sache?“

„Ja.“

„Kannst du mir trotzdem noch welche zeigen?“

Nele zog ein gequältes Gesicht. „Wenn’s sein muss! Du willst jetzt aber alles wissen, wie?“

„Klar.“

„Dann müssen wir auf diesem Weg noch

weiterfahren.“

„Super!“, er hob sein Rad hoch und setzte sich drauf. „Ich folge dir überallhin.“

„Übertreib mal nicht gleich. Hauptsache, du schaffst dann auch noch die Strecke zurück.“

„Aber selbstverständlich.“

„Dann los.“ Nele startete wie bei einem Wettkampf. Bevor Lukas Tempo aufnehmen konnte, hatte sie schon einen ordentlichen Vorsprung. Aber er trat ehrgeizig in die Pedale und hatte sie bald eingeholt. Oder sie war unbemerkt langsamer geworden, um ihm ein Erfolgserlebnis zu gönnen.

Der Weg war nun so breit, dass sie nebeneinander fahren konnten. Nele hatte sichtlich Spaß daran zu sehen, wie er sich anstrengen musste. Zweimal kamen ihnen Radfahrer entgegen, sodass Lukas hinter ihr bleiben musste. Man grüsste sich mit „Hola!“

Schließlich bogen sie nach rechts in einen schmaleren Weg ab und hielten kurz darauf an.

„Hier können wir uns mal umschauen“, sagte Nele. „Die Räder lassen wir hier.“

„Ab wann zeigt sich denn das Gesicht am Stamm? Wenn überhaupt.“

„Die Bäume wachsen natürlich unterschiedlich schnell. Meistens sieht man etwas, wenn der Stamm ungefähr drei Meter hoch ist. Das dauert mindestens zehn Jahre.“

Sie folgten nun einem Trampelpfad, der zwischen den Bäumen verlief. Lukas erkannte

Kiefern, Buchen, Eichen und Birken, aber nichts Außergewöhnliches an den oberen Stämmen, die circa sechs Meter hoch waren.

„Wo bleibt eigentlich der Körper und der Stuhl?", fragte er.

„Die lösen sich auf und wandeln sich in Holz um. Der Stuhl ist ja quasi der Schössling des Baums."

„Also muss man den passenden Stuhl für seinen vorherbestimmten Baum haben?"

„Ganz genau."

„Und wann ist der ... Wann hört das Herz des Menschen auf zu schlagen?"

„Das hast du aber gut ausgedrückt", Nele lächelte. „Das kann bis zu fünf Jahre dauern."

„So lange?"

„Ja. Der Körper versteift und verholzt langsam von unten nach oben. Eine ziemliche Zeit müssen die Leute gefüttert werden, weil sie dann auch ihre Arme nicht mehr bewegen können."

„Ist ja furchtbar!", entfuhr es Lukas. Er musste an seine Mutter im Rollstuhl denken.

„Für uns nicht. Wir wissen ja, was auf uns zukommt." Nele blieb stehen und klatschte gegen einen glatten Stamm. „Weißt du, was das für ein Baum ist?"

Lukas schaute nach oben. Die Krone reichte bestimmt zehn Meter hoch. Die Blätter waren herzförmig. „Keine Ahnung."

„Das ist eine Sommerlinde. Zu so einer wird meine Großmutter. Sie kann eine Höhe von 30

Metern erreichen."

„Imposant."

„Schätz mal, wie alt dieser Baum werden kann?"

„200 Jahre?"

„1.000 Jahre!", verkündete Nele begeistert.

„Echt? Das ist ja 'ne Ewigkeit."

„Kann man wohl sagen. Passt genau zu meiner Oma."

„Ja", Lukas nickte zustimmend.

„Und jetzt folge mir mal." Nele ging auf die andere Seite des Baums, entfernte sich einige Meter vom Stamm und wartete, bis er neben ihr stand. „Und nun guck da oben genau hin", sie streckte ihren Arm samt Zeigefinger aus.

Lukas starrte auf die Stelle. Nach einigen Sekunden ordneten sich die ungleichen Striche und Bögen - die man auf den ersten Blick für Fehler oder Narben der Rinde halten würde - zu einem rundlichen Gesicht. Es wirkte zwar einfach wie bei einer simplen Skizze, aber er konnte doch erkennen, dass es sich um eine Frau handeln sollte, wegen der vielen Kringel auf dem Kopf. Die Augen waren geschlossen. „Unglaublich! Das ist eine Frau."

„Richtig."

„Das ist das Gesicht der Frau, aus der dieser Baum mal entstanden ist?"

„Jedenfalls halten wir es dafür. Wenn der Stamm dicker wird, verzieht sich das Bild etwas in die Breite."

„Das kenn ich. Als ob man vor vielen Jahren

etwas ins Holz geritzt hat." Ihm fiel das Herz mit den Anfangsbuchstaben von seiner ersten Freundin und ihm ein, das ihm damals viel Mühe gekostet hatte.

„Ja. Du kannst es also wirklich sehen?"

Lukas nickte mit dem Kopf im Nacken. „Aber man muss es sich erst einen Moment anschauen und auf sich wirken lassen, ehe es deutlich wird."

„Stimmt. Allerdings ist dieses Bild das beste, das ich kenne."

„Ohne deinen Fingerzeig darauf wäre es mir nicht aufgefallen."

„Aber man sollte nur die Stelle zeigen und nicht zuviel erklären, um den anderen nicht zu beeinflussen."

„Und dein Vater weiß, wie das funktioniert?"

„Zumindest kann er dir darüber einen Vortrag halten."

„Interessant", Lukas überlegte.

„Komm nicht auf die Idee, heute auch noch zu meinen Eltern zu wollen. Das wird nichts. Das lehne ich entschieden ab."

„Schon gut."

„Aber ich zeig dir hier noch ein paar Baumgesichter. Entscheide selber, was du davon hältst."

„Prima!"

Er folgte Nele zwei Stämme weiter und stellte sich neben sie.

„Was ist das für ein Baum?"

„Eine Kastanie?"

„Falsch!", erwiderte sie streng wie eine Lehrerin. „Das ist Bergahorn. Und da soll das Gesicht sein", sie zeigte nach oben.

Wieder mussten seine Augen die einzelnen Teile erst finden und zusammenfügen. „Das vorige Bild fand ich besser. Ist das ein Mann oder eine Frau?"

„Ich tippe auf einen Mann." Sie ging weiter zu einem anderen Baum. Lukas erkannte ihn sofort als Eiche und freute sich darauf, eine richtige Antwort geben zu können. Doch sie fragte gar nicht, sondern deutete nur mit einem „Da" auf eine Stelle in luftiger Höhe.

Lukas gab sich Mühe, konnte aber nichts erkennen, da die Rinde nicht glatt, sondern rissig war. „Ich kann nicht mal ein Gesicht ahnen."

„Dieser Ring dort, der aussieht, als wenn da mal ein Ast gewesen wäre."

Er zuckte mit den Schultern und schüttelte den Kopf.

„Du bist wenigstens ehrlich und lässt dich nicht so leicht beeinflussen."

„Hier kann ich nichts erkennen."

„Ist auch schwierig. Aber bei Nadelbäumen ist die Rinde noch viel schuppiger. Da sehe ich meistens auch nichts."

„Hast du noch ein deutlicheres Gesicht im Angebot?"

„He!", Nele schubste ihn. „Nicht frech werden!"

„Ich doch nicht", flehte er sie mit

Unschuldsmiene an.

„Gut", sie kicherte. „Ich zeig dir noch eins. Dann gehen wir jetzt in einem Halbkreis zu den Rädern zurück."

Die beiden gingen schweigend zwischen den Bäumen hindurch. Das Blätterdach gab ihnen Schatten, nur gelegentlich blinkte ein Sonnenstrahl hindurch. Lukas kam es vor, als hätte hier jemand von jeder Art jeweils ein Exemplar gepflanzt, wie in einem Botanischen Garten. Dann wurde ihm bewusst, dass jeder Baum für einen gestorbenen Menschen stand und schon vor dessen Zeugung für ihn ausgesucht worden war. Dieser abwechslungsreiche, lebendige Ahnenwald kam ihm mit einem Mal viel sinnvoller und schöner vor als die Friedhöfe in Deutschland. Und gleicher oder solidarischer, weil keiner mit einem teuren Grabstein oder üppiger Bepflanzung angeben konnte, sondern alle nur ein Baum waren.

„Wir sind da", Nele klopfte an den glatten Stamm wie an eine Tür.

Lukas sah hoch und sagte: „Das ist eine Buche." Sofort dachte er an Samira, die sich irgendwann auch in eine verwandeln würde.

„Gratuliere!"

Einerseits fand er die Vorstellung erschreckend, dass diese liebenswerte Schönheit eines Tages auch so fixiert und hilflos auf einem Stuhl sitzen musste, andererseits war es aber auch richtig und natürlich. Und wenn er ganz ehrlich zu sich selbst war, so quälte ihn jetzt schon die Eifersucht auf den Mann, der ihr dann gegenüber sitzen würde.

„Alles klar?", Nele beäugte ihn skeptisch.

„Ja. Sicher."

„Dann komm." Sie stellte sich in einigen Metern Entfernung hin und zeigte wieder nach oben. „Da."

Diesmal entdeckte er gleich ein Abbild auf dem Stamm, weil sich die dunkleren Striche und Bögen deutlich vom grauen Untergrund abhoben. „Ist das eine Blume an der Kopfseite?"

„Sehr gut erkannt", lobte ihn Nele.

„Könnte auch eine Orchidee sein, wie bei deiner Oma."

Sie nickte lächelnd. „Es kam tatsächlich schon vor, dass die Orchidee der verwandelten Person dort in einer Astgabel weiter existierte. Sie ist ja wohl eine Schmarotzerpflanze und hat Luftwurzeln."

„Also vielleicht so ein schöner Farbtupfer, wie deine Oma meinte."

„Ganz genau. Dann lass uns mal abhauen."

Nach ungefähr zehn Minuten erreichten sie wieder die Fahrräder und tranken beide aus Neles Wasserflasche, die an einem Halter am Rahmen hing.

Als sie eigentlich losfahren wollte, sagte Lukas: „Ich hab da noch mal eine Frage."

„Wirklich nur eine?"

„Ja. Also: Steht der Baum mit dem Gesicht von diesem Austin nicht auch hier irgendwo?"

„Wie kommst du denn da jetzt drauf?“

„An meinem ersten Tag hier hat Samira meine Neugier durch ihren Hinweis gestoppt, dass es von ihm eine Art Denkmal auf der Insel gibt. Mehr hat sie nicht dazu gesagt.“

„Aha.“

„Da wäre ich allerdings nie auf die Idee gekommen, dass es ein Baum mit seinem Antlitz sein könnte, der aus ihm entstanden war.“ Er fand es erstaunlich, dass es erst zwei Tage her war.

„Soso“, Nele verdrehte die Augen. „Und jetzt?“

„Tja ...“, er wirkte wie ein Junge mit einem schlechten Gewissen. „Ist das denn hier in der Nähe?“

„Ungefähr ’ne Viertelstunde.“

„Ich würde mir den berühmten Austin schon gerne ansehen.“

„Er ist aber nicht so gut zu erkennen, wie bei der Buche vorhin. Weil der Baum älter und deshalb sein Gesicht höher ist.“

„Trotzdem.“

„Du bist ganz schön fordernd und anstrengend.“

„Ich weiß.“

Nele überlegte einen Moment. „Einverstanden. Aber dann ist echt Feierabend, und wir fahren zurück.“

„Natürlich.“

„Und keine weiteren Fragen.“

„Versprochen.“

Sie radelten los und kamen bald auf einen breiteren Weg, sodass sie wieder nebeneinander und schneller fahren konnten. Lukas merkte die Anstrengung in seinen Waden und Oberschenkeln. Ab und zu kamen ihnen Radfahrer entgegen und man machte sich gegenseitig Platz.

Als Nele schließlich anhielt und verkündete, dass sie am Ziel seien, war Lukas etwas enttäuscht. Er hatte eine Art Wallfahrtsort erwartet, zu dem viele gläubige Anhänger pilgern und Blumen ablegen würden, zumindest eine Gedenktafel. Aber hier gab es nichts, alles sah genauso aus wie im übrigen Ahnenwald. Nichts deutete darauf hin, dass der große Dr. Austin - Gen-Guru und Gründer dieser sonderbaren Kolonie - hier seinen letzten Ruheplatz hatte.

„Das ist sein Baum", Nele strich fast zärtlich über den Stamm. „Was sagt dir ein herzförmiges Blatt?"

„Dass es eine Sommerlinde ist."

„Richtig."

„Also hat die Mutter deiner Oma den gleichen langlebigen Baum ausgewählt wie Austin."

„Ja."

„Obwohl ... Wie konnte er diese Genveränderung bei sich selber überhaupt bewerkstelligen? Er hatte doch noch keine pflanzliche DNA geerbt. Wie hat er das im Erwachsenenalter dennoch hingekriegt?"

Nele verzog genervt das Gesicht. „Er konnte es eben. Aus. Schluss. Wir hatten keine weiteren Fragen vereinbart."

„Verstanden!", Lukas stellte sich stramm hin wie ein Soldat und grinste frech.

„Blödmann! Komm mit." Sie entfernte sich mehrere Meter vom Stamm und präsentierte ihn mit ausgestrecktem Arm. „Da ist er."

Lukas fokussierte die Stelle in einer Höhe von mindestens zehn Metern. Viel war wirklich nicht auszumachen. Mit konzentrierter Fantasie konnte er sich dann ein Gesicht vorstellen.

„Ziemlich undeutlich, nicht wahr?", fragte Nele.

Er nickte. „Aber trotzdem beeindruckend. Besonders, weil es dort oben für 1.000 Jahre bleibt."

„Stimmt."

„Warum gibt es hier keine Gedenktafel für ihn?"

„So einen übertriebenen Prominentenkult gibt es nicht bei uns. Hier sind alle gleich."

„Wie lange ist Austin schon tot?"

„Über 70 Jahre. - Das waren ja doch wieder zwei Fragen", sagte sie vorwurfsvoll.

„Ich kann halt nicht anders", Lukas zuckte mit der Schulter. „Vielen Dank, dass du auch diesen Wunsch von mir erfüllt hast."

„Fast gern geschehen", sie zwinkerte ihm zu. „Also können wir jetzt endlich zurückfahren?"

„Jawoll!"

16

Lukas unterhielt sich im Aufenthaltssaal mit dem moosköpfigen Bruce. Sie warteten auf die Öffnung des Speiseraums zum Abendessen.

Dann marschierte der Doc herein. Diesmal trug er nicht diesen albernen Anglerhut, sondern präsentierte seinen von Efeu umrankten Kopf. Er kam direkt auf die beiden zu, sie begrüßten sich mit Handschlag.

„Wir müssen reden, Lukas", sagte der Chinese auf Englisch, seine Miene verriet keinerlei Regung.

„Klar. Wollen wir uns da vorne auf die beiden Sessel setzen?"

„Gerne."

Bruce nickte ihnen zu, und sie nahmen dort Platz, wo Lukas am Vormittag mit Marcel gesessen hatte.

„Jetzt darf ich deinen Kopfschmuck also auch sehen."

„Ja." Der Efeu wand sich um sein Haupt wie ein Siegeskranz, ein Strang mit winzigen Blättern reichte ihm bis zum Hals.

„Hat Cyrus nun endlich mit meiner Freundin gesprochen?"

„Nein."

„Wieso nicht?", Lukas zog alarmiert die Augenbrauen hoch.

„Sie ist weg."

„Wie weg?"

„Sie hat das Hotel verlassen."

„Wie bitte?“

„Sie hat ausgecheckt.“

„Was?“, Lukas starrte ihn fassungslos an.

„Für wann war euer Rückflug gebucht?“

Lukas überlegte. „Für Dienstagnachmittag.“ Er fühlte sich aufgewühlt und wippte mit beiden Beinen.

„Also heute.“

„Ja.“

„Dann hat sie den gebuchten Flug genommen. Wie geplant.“

„Aber ...“ Iris ist abgereist wie geplant?, dachte Lukas. Ohne mich? Hat sie sich so schnell mit meinem Tod abgefunden? „Das kann ich mir nicht vorstellen.“

„Ist aber so. Cyrus hat alles überprüft und mit zahlreichen Leuten gesprochen.“

„Das gibt's doch nicht.“

„Wahrscheinlich hat die Polizei auf Teneriffa sie mit der Begründung abgewimmelt, dass keine Hoffnung mehr besteht, wenn jemand über drei Tage und Nächte im Atlantik treibt. Und von La Gomera wurde auch kein einziger Schiffbrüchiger gemeldet.“

„Aber hier ist einer gelandet. Nur weiß der Rest der Welt nichts davon.“

Der Doc ignorierte diesen Vorwurf und sagte: „Die Seenotrettung hatte gleich am Sonntag deinen gesunkenen Jet-Ski geortet, weil die alle einen eingebauten GPS-Sender haben. Hauptsächlich, um gestohlene oder nicht zurückgegebene Wasserscooter aufzufinden.“

„Haben die oder die Polizei sich nicht mal in Valverde erkundigt, ob dort jemand gestrandet ist?“

„Davon weiß ich nichts“, antwortete der Doc unbeteiligt.

„Ja oder nein?“

„Wenn, dann hätte ich davon erfahren.“

„Ja oder nein?“, wiederholte er stur.

„Dann wohl nein.“

Die Wut stieg in Lukas hoch. Er glaubte ihm nicht. Diese Mistkerle hier hatten die Anfrage garantiert eiskalt verneint, weil er diese Erklärung erst vorher unterschreiben sollte. Er hätte dem Doc gerne seine Efeukrone durcheinander gebracht, aber das würde nur ihm schaden. Die waren nun mal am längeren Hebel. „Was ist mit meinen Sachen im Hotel?“

„Da ist nichts mehr. Deine Freundin hat alles mitgenommen. Aber keine Nachricht hinterlassen.“

„An der Rezeption konnte Cyrus doch die Handynummer von ihr erfahren.“ Wie konnte Iris das nur tun?

„Nein.“

„Warum nicht?“ Wieso hatte sie ihn schon nach drei Tagen einfach aufgegeben?

„Weil nur deine Handynummer in den Buchungsunterlagen existiert.“

„Ach, ja.“ Wurde Iris von der Polizei und ihren dominanten Eltern so unter Druck gesetzt, dass sie jetzt schon seinen Tod akzeptierte und abreiste? Bequemerweise mit dem gebuchten Flug? „Und wie geht's jetzt weiter?"

„Morgen Früh um zehn Uhr wirst du abgeholt und nach Valverde zum Flugplatz gefahren."

„So was gibt's hier?"

Der Doc zog eine pikierte Miene, ehe er antwortete: „Der stammt noch aus anderen Zeiten. Es gibt auch keinen geregelten Flugverkehr. Der wird ausschließlich von Maschinen der Homo herba-Stiftung benutzt."

„Und ich werde dann mit so einer nach Teneriffa geflogen?" Mit so einer fortschrittlichen Beförderung hatte Lukas absolut nicht gerechnet.

„Nicht nach Teneriffa, weil das Hotel dich ja nicht weiterbringen kann. Du wirst mit Cyrus nach Gran Canaria fliegen. Er ist übrigens auch der Pilot. Er steuert eine zweisitzige Drohne."

„Echt?" Das ist ja absurd, dachte Lukas, ausgerechnet auf dieser Insel, auf der es nicht mal Handys gibt, werde ich morgen in das modernste private Luftfahrzeug steigen.

„Echt", wiederholte der Doc gequält. „Cyrus fährt mit dir ins Deutsche Konsulat nach Las Palmas und wird dort alles für dich regeln. Du brauchst ja vorrangig Papiere und Geld."

„Das ist aber nett von ihm." Lukas war angenehm überrascht.

„So sind wir hier nun mal."

Lukas nickte nur kommentarlos. Er wollte auf keinen Fall seinen morgigen Abflug gefährden.

„Gut. Also, morgen Früh um zehn Uhr draußen auf den Fahrer warten. Das Auto hat auch das Emblem der Stiftung", er schmunzelte überraschenderweise und hob vorsichtig ein Efeublatt von seinem Kopfschmuck an.

„Kapiert", Lukas grinste. „Alles klar."

Als er zum Abendessen kam, saßen nur Ludmilla und Jean am Tisch. Bruce und Nele waren schon fertig, Samira bei ihren Großeltern im Ahnenwald. Lukas erzählte den beiden von seiner morgigen Abreise, aber nichts von Iris' Verschwinden.

„Dann kommst du ja endlich wieder in deine technische Zivilisation", sagte Ludmilla mit ihrem russischlastigen Englisch.

„Ja. Aber hier war's auch schön." Lukas betrachtete die Pflanze mit den kleinen weißen Blüten, die sich um ihren Kopf wand. „Allerdings ziemlich ungewöhnlich."

„Das verstehen wir", Jean nickte und kaute weiter.

Lukas aß von seinem leckeren Nudelsalat und fragte dann: „Wie kommt eigentlich Geld auf die Insel? Wo und wie wird es erwirtschaftet?"

„Nur über das stiftungseigene Institut", antwortete Ludmilla. „Da sind riesige Labors, in denen für externe Firmen im großen Um fang geforscht, getestet und entwickelt wird. Hauptsächlich für die Bereiche Medizin, Landwirtschaft und Lebensmittel. Und das wird gut bezahlt. Produzieren tun die Konzerne dann natürlich selber."

„Samira und Nele machen da ja ihre Ausbildung", fügte Jean hinzu.

Lukas hörte aufmerksam zu und ließ es sich schmecken.

„Dr. Austin hatte ja sein Vermögen mit Impfstoffen und gentechnisch verändertem Saatgut verdient, bevor er all das hier auf El Hierro gründete."

„Also bekommt das Institut lukrative Aufträge von Firmen aus aller Welt?", Lukas nahm sich von der Reispfanne und vom gemischten Salat. Diese schrumpeligen kanarischen Kartoffeln waren nicht so sein Fall.

„Die kommen aus Europa, den USA und Asien. Von denen wird ordentlich kassiert. Halb Afrika und andere arme Staaten bekommen die Ergebnisse und Formeln umsonst." Jeans französischer Akzent hörte sich richtig gut an.

„Sehr lobenswert."

„Bei uns steht Geld eben nicht an erster Stelle."

„Das find ich gut."

„Wirklich? Ich dachte, du bist voll überzeugt von deiner kapitalistischen Konsumwelt?"

„Nicht von allem."

„Gut."

„Gibt es denn noch irgendwo eine andere Kolonie mit Pflanzenmenschen?“

Ludmilla schüttelte nur den Kopf und brachte dadurch ihre Blüten in Bewegung.

„Vor einigen Jahrzehnten gab es wohl konkrete Pläne für eine Insel im Pazifik. Aber es wurde nichts daraus. Wir sind einzigartig geblieben.“

„Das seid ihr hier wirklich.“

„Du hältst uns nicht für abnorme Mutanten oder Monster?“, fragte Ludmilla herausfordernd.

„Auf keinen Fall“, erwiderte Lukas. „Ihr erreicht durch eure neue Lebensform nicht nur eine umweltschonende und klimaneutrale Bilanz eurer Existenz, sondern viel mehr. Später als Baum reduziert ihr über Jahrhunderte CO2 und reichert die Atmosphäre mit Sauerstoff an. Das ist doch sensationell.“

„Wenn du das so gut findest, kannst du ja hierbleiben.“

Lukas schwenkte den Kopf hin und her. „Ich glaube, das ist nichts für mich. Ich bin zu sehr geprägt von Großstadt, Elektronik, Internet und Handy. Ich bin damit verseucht, viel zu technisiert und zu weit entfernt vom ursprünglichen Leben und der Natur. Ich würde zu viel vermissen. Und die Aussicht, mit 80 Jahren auf einem hölzernen Toilettenstuhl fixiert zu sein, langsam zu versteifen und allmählich ein Baum zu werden, macht mir einfach Angst. Auch wenn ich das faszinierend und gut finde.“

„Das verstehe ich schon", sagte Ludmilla und knabberte an einem Paprikastreifen.

„Aber selbst wenn ich das wollte, könnte ich doch bestimmt kein Baum mehr werden."

„Doch", erwiderte Jean, „diese genetische Programmierung würde auch noch im Erwachsenenalter funktionieren."

„Ach, ja. Wie bei Dr. Austin."

„Genau. Du könntest noch für ein paar Jahrhunderte Sauerstoff produzieren", Ludmilla zwinkerte ihm zu.

„Du hättest nur keinen sichtbaren Pflanzenanteil an dir, so wie wir. Durch Gras, Blumen, Klee oder Moos erzeugen wir für die Dauer unseres Lebens ein positives Mikroklima auf unserem Körper, das uns wie eine unsichtbare Hülle umgibt."

„Das ist wirklich unglaublich", staunte Lukas.

„Aber wahr. So, Jungs", Ludmilla tippte auf den Tisch und erhob sich. „Schönen Abend noch."

Jean folgte ihr nach wenigen Minuten.

Lukas klopfte an Neles Zimmertür. Keine Reaktion. Er wiederholte es etwas kräftiger und wartete.

Dann wurde die Tür aufgerissen. „Ach, du bist es", sagte Nele. „Alles geregelt?"

„Ich wollte dir noch Bescheid geben, dass ich nun tatsächlich morgen abgeholt werden soll."

„Gut für dich. Und wann?" Im Zimmer lief ein kleiner Fernseher ohne Ton, die Kopfhörer lagen auf dem zerwühlten Bett.

„Um zehn Uhr kommt ein Fahrer von der Stiftung und bringt mich nach Valverde zum Flugplatz." Lukas hatte eigentlich damit gerechnet, dass sie ihn ins Zimmer bitten würde. Aber das wollte sie anscheinend nicht. „Von dort werde ich nach Gran Canaria geflogen. Und Cyrus ist der Pilot."

„Du Armer!", Nele verdrehte die Augen.

„Er begleitet mich dann auch zum Deutschen Konsulat, um einen Pass und Geld zu bekommen. Die können ja dort meinen implantierten Identitätschip auslesen", er tippte auf seine Hand.

„Da kriegt man Geld?"

„Natürlich nur geliehen. Das muss man später bestimmt zurückzahlen. Aber ich kenn mich damit nicht aus. Ich war noch nie in so einer Situation."

„Dann hab ich ja hier im Haus keinen mehr, mit dem ich Deutsch sprechen kann", Nele schob die Unterlippe schmollend vor.

„Ich möchte dir noch danken, dass du mir euren Ahnenwald gezeigt hast. Ganz besonders dafür, dass ich deine tollen Großeltern kennenlernen durfte. Bitte grüß sie von mir."

„Mach ich. Aber wir sehen uns morgen ja noch beim Frühstück."

„Stimmt. Dann will ich dich auch nicht länger stören. Schlaf gut."

„Du auch“, Nele schloss rasch die Tür.

Lukas blieb noch einen Moment davor stehen. Er hatte das Gefühl, dass der Fernseher ihr jetzt wichtiger war als er, dass sie ihn bereits abgehakt hatte. Er war etwas enttäuscht, weil er so etwas wie einen Abschiedsabend mit allen erwartet hatte. Aber da hatte er sich wohl zu viel eingebildet. Vielleicht hatte er an Samiras Tür mehr Glück.

17

Lukas saß mit Samira wieder auf der Bank hinter dem Haus. Die Abenddämmerung hatte schon begonnen, einige Vögel trällerten der Sonne noch ein Abschiedslied hinterher. Das Zirpen im Gras bildete die Hintergrundmusik dazu. Er fand es sehr stimmungsvoll und passend für seine Situation.

„Das freut mich für dich", sagte Samira dann, obwohl sie überhaupt nicht so aussah. Lukas hatte ihr von seiner Abreise am nächsten Morgen erzählt. „Aber besonders deine Freundin wird sich freuen. Der wird ja ein Stein vom Herzen fallen."

„Die ist nicht mehr da."

„Wie?"

„Sie ist heute wieder nach Berlin zurückgeflogen. Mit dem gebuchten Flug."

„Wieso denn das?", Samira sah in verwirrt an.

„Sie hat anscheinend allen Leuten geglaubt, dass ich tot sein muss und es keinen Zweck mehr hat, ganz alleine auf Teneriffa auf ein Wunder zu hoffen. Und dann hat sie den bequemsten Weg gewählt und unseren geplanten Abflug genommen."

„So einfach hat sie es sich bestimmt nicht gemacht."

„Sicherlich nicht. Aber für mich sieht es so aus. Immerhin hat sie mich schon nach drei Tagen aufgegeben", Lukas presste die Lippen zusammen.

„Lässt sie sich denn leicht von anderen beeinflussen?"

„Ja. Ganz besonders von ihren Eltern, die ihr auch stets alle unangenehmen Dinge abgenommen haben. Deshalb ist es Iris auch gar nicht gewohnt, für sich einzustehen, etwas zu fordern, entschieden aufzutreten und etwas selbständig durchzusetzen. Das musste ich in unserer Beziehung immer übernehmen."

„Dann muss das ja erst recht für sie die Hölle gewesen sein."

„Auf jeden Fall. Ich möchte dich aber bitten, den anderen nichts davon zu sagen, dass meine Freundin schon abgehauen ist."

„Warum nicht?", fragte Samira.

„Weil es mir unangenehm ist."

„Gut. Ich werde nichts verraten."

„Danke. - Aber ich hab noch eine Bitte."

„Ja?"

„Würdest du mich morgen um acht Uhr wecken und mir später kurz vor zehn Bescheid sagen?"

„Klar."

„Ich hab ja keine Uhr."

„Ich werde deine sein", sie zwinkerte ihm zu.

„Prima."

„Und was ist mit deiner Mutter? Versteht die sich gut mit Iris? Hätte die sie nicht zum Hierbleiben überreden können?"

„Die hat keine Chance gegen den Einfluss

ihrer Eltern", antwortete Lukas. „Außerdem haben die beiden kein gutes Verhältnis. Das liegt auch an meiner Mutter, aber hauptsächlich an Iris. Die konnte nie aufrichtig akzeptieren, dass sie lesbisch ist, mit einer Frau verheiratet war und mich per Samenspende bekommen hat."

„Vielleicht hat sie auch automatisch die Vorurteile ihrer Eltern übernommen, wenn sie so dominant sind."

„Bestimmt. Dieses Thema war für ihre Eltern stets ein Tabu. Und ich habe es ebenfalls nicht angesprochen. Sie haben meine Mutter auch nie getroffen."

„Das wird dann wohl erst bei eurer Hochzeit geschehen", Samira sah ihn prüfend an.

„Dazu wird es sicherlich nicht mehr kommen."

„Meinst du nicht?"

„Dass sie mich so im Stich gelassen hat, kann ich ihr nicht verzeihen."

„Womöglich kann sie dir ihr Verhalten plausibel erklären."

„Trotzdem ist es für mich nicht zu entschuldigen."

Samira strich über seinen Handrücken und sagte: „Warte doch erst mal ab, bis du dich mit ihr ausgesprochen hast."

Lukas versank in der Tiefe ihrer dunklen Augen und genoss die angenehme Berührung. „Ich glaube nicht, dass mich irgendetwas umstimmen könnte."

Sie ließ ihn leider wieder los. „Versuchen solltest du es aber."

Er zuckte mit der Schulter und brummte nur. Dass es Samira so wichtig war, dass er die Beziehung zu Iris nicht beendete, konnte doch nur bedeuten, dass er ihr gleichgültig war. Das fand er sehr schade. Um das Thema zu wechseln und sie eventuell etwas eifersüchtig zu machen, sagte er: „Nele hat mich heute mit in den Ahnenwald genommen und mir ihre Großeltern vorgestellt."

„Aha."

Andererseits - was erwartete er eigentlich? Sie war eben keine Frau für eine Nacht. Da würde sie sich doch nicht an ihrem letzten Abend in seine Arme werfen, bevor sich ihre Wege wahrscheinlich für immer trennten. Sie lebten nun mal in sehr unterschiedlichen Welten. „Edda – ihre Oma – ist wirklich außergewöhnlich."

„Mir redet die ein bisschen zu viel."

Samiras Reaktion amüsierte ihn innerlich. Er würde sie wirklich vermissen. „Mit ihren 80 Jahren kann sie das aber noch verdammt gut."

Sie musste schmunzeln. „Das stimmt allerdings."

„Wie geht's denn deinen Großeltern?"

Sofort trübte sich ihre Miene ein. „Die brauchen schon mehr Hilfe."

„Musst du sie füttern?"

Sie nickte. „Aber wir nennen es Essen und Trinken anreichen."

„Möchtest du lieber nicht darüber reden?“, Lukas sah sie mitfühlend an.

„Doch. Aber es ist nicht so einfach für mich.“

„Verstehe. Nele hat mir erzählt, dass die alten Leute später nicht mehr ihre Arme und Hände bewegen können.“

„Genau. Sie versteifen durch die zunehmende Verholzung.“

„Das find ich zum Beispiel sehr schlimm. Dass sie da so hilflos, fixiert und allein im Wald sitzen müssen.“

„Ist es auch. Aber es gehört nun mal zu dieser Metamorphose vom Mensch zum Baum dazu.“

„Und das findest du auch richtig?“

„Ja. Jeder von uns verwandelt sich im Alter langsam in einen bestimmten Baum und lebt für eine Ewigkeit in und mit ihm weiter. Das ist doch schön und viel besser als verwesen, begraben oder verbrennen. Das ist fast der Sieg des Lebens über den Tod“, Samira lächelte ihn voller Überzeugung an.

„Können sie denn noch sprechen?“

„Natürlich. Sie können auch problemlos schlucken, nur nichts mehr selbst zum Mund führen.“

Der Himmel hatte inzwischen die Farbe von Tinte angenommen, die ersten Sterne leuchteten schon. Zwischen den Bäumen und Büschen herrschte Finsternis. Aber es war immer noch warm.

„Der Kopf ist doch dann der letzte Körperteil, der noch durchblutet wird, nicht wahr?", erkundigte sich Lukas.

„Ja. Sie können auch noch sehen und die Augen bewegen, wenn sie den Mund bereits nicht mehr öffnen können."

„Furchtbar."

„Es ist eben so."

„Aber verhungern und verdursten sie nicht, wenn sie nicht mehr schlucken können?"

„Nein", Samira schüttelte den Kopf. „In dem Zustand wird ihr Körper von den Beinen her schon über die Baumwurzeln versorgt. Das geht ineinander über."

„Unfassbar." Für ihn war das immer noch unvorstellbar, grausam und unmenschlich. Aber wahrscheinlich war dieses letzte Stadium in den Altersheimen auch nicht viel besser.

„Für uns ist das ganz natürlich. Auch wenn es weh tut, wenn man sich nur noch mit Blicken verständigen kann."

„Das glaube ich."

Sie schwiegen eine Weile, bis Lukas diese absolute Stille - die so sehr zu der Dunkelheit und dem nahenden Abschied passte - nicht mehr aushalten konnte. „Verrätst du mir noch, warum diese Sicherheitstypen Fallen heißen?"

„Weil nur sie Venusfliegenfallen auf dem Kopf haben. Das sind Karnivoren."

„Was heißt das denn?"

„Dass es fleischfressende Pflanzen sind."

„Dann ist ja hier doch nicht alles vegan."

Lukas wollte sie mit diesem Scherz aufheitern, was ihm aber nicht gelang. Samira zuckte nur mit der Schulter.

„Der einzige vom Sicherheitsdienst, dem ich bisher begegnet bin, trug auch so einen komischen Hut wie der Doc, damit man nichts vom Kopfbewuchs sehen konnte. Wie sieht denn diese Pflanze aus?"

„Grün, mit rankenden Trieben, an denen in gewissen Abständen die Fangkörper sitzen, die ungefähr die Größe von dicken Bohnen haben. Die klappen sich weit auf und warten auf ein Insekt. Nach Berührungskontakt schließt sich der Körper, wobei die wimpernartigen Stacheln dann wie Gitterstäbe aussehen. Das Insekt - meistens eine Fliege - ist so gefangen und wird langsam verdaut."

„Sehr interessant", sagte Lukas beeindruckt. Ihm fiel etwas ein: „Aber wenn das nur die vom Sicherheitsdienst haben, bedeutet das doch, dass die schon lange vor ihrer Geburt dafür bestimmt wurden. Oder?"

Samira nickte nur.

„Aber welche Eltern wünschen sich eine fleischfressende Pflanze für ihr Kind?"

„Gar keine. Diese Fallen werden im Reagenzglas befruchtet und im Labor herangezüchtet. Ganz nach Bedarf. Deshalb sind die auch so ... kalt und gefühllos. Denen fehlt die menschliche Wärme, weil sie die nie kennengelernt haben."

„Ist ja schrecklich! - Nimmt man da nur

welche mit männlichem Geschlecht?"

„Ja. Die sind vermutlich besser für diesen Job geeignet", sie wiegte mit bedenklicher Miene den Kopf hin und her. „Weibliche Fallen gibt's nicht."

„Könnten die männlichen denn Nachwuchs zeugen und ihre fleischfressenden Pflanzen vererben?"

„Nein. Die sind zum Glück grundsätzlich unfruchtbar, sterilisiert. Das wär ja schlimm, wenn die sich unkontrolliert vermehren könnten."

„Außerdem wären sie dann nicht so gefühlskalt, weil sie ja richtige Eltern hätten."

„Stimmt auch wieder."

Lukas starrte mit offenem Mund vor sich hin und dachte darüber nach. Er konnte wirklich verstehen, dass nichts davon außerhalb dieser Insel bekannt werden durfte.

Nach einigen Minuten brach er wieder das Schweigen: „Übrigens - du wolltest mir noch deine Adresse geben."

„Ja." Samira suchte in der Tasche ihrer kurzen Jeans und übergab ihm einen zusammengefalteten Zettel, ohne ihn anzusehen.

„Danke." Er schob ihn so in seine Hosentasche und fragte sich, ob sie ihm ihre Adresse auch von sich aus gegeben hätte. „Ich werde dir auf jeden Fall schreiben."

Sie nickte nur mit gesenktem Kopf.

Er hatte das Gefühl, dass sie ihm nicht glaubte. „Ich hoffe, dass du meine Handschrift auch lesen kannst. Aber du hast ja darauf bestanden."

Wieder nickte sie ohne ein Wort.

„Und das Postschiff kommt nur einmal die Woche?"

Samira hob den Kopf, sah ihn an, nickte und blieb stumm.

Der Augenkontakt mit ihr war eine tiefe Verbindung und glühte bis in sein Innerstes. So etwas hatte er noch nie erlebt. Ihre wunderbaren Lippen lockten wie alles an ihr. Aber er würde sie nicht küssen. Er musste ihre Haltung dazu respektieren. Auch wenn alles in ihm dazu drängte, sie zu berühren und mit allen Sinnen zu erforschen. Er dachte an den Traum. Aber er musste sich beherrschen.

Samira kappte ihren Blick und sagte: „Dann wirst du ja morgen einen langen, anstrengenden Tag haben."

„Ja." Lukas suchte nach einem Thema, mit dem er sie noch neben sich halten konnte. „Was meinst du eigentlich, seid ihr hier durch eure Pflanzenanteile friedfertiger als der Rest der Menschheit?"

„Keine Ahnung. Ich kenne doch außer dir keinen anderen."

„Bei uns gibt es ja immer noch ziemlich viel Gewalt. Da kommt es schnell zu verbalen, aber auch körperlichen Angriffen. Es gibt Handgreiflichkeiten und Schlägereien. Ganz zu schweigen von der kriminellen Gewalt. Kommt so etwas auf El Hierro auch vor?"

Samira schüttelte den Kopf. „Höchstens mal Diebstähle. An beabsichtigte Verletzungen von Menschen kann ich mich nicht erinnern."

„Dann seid ihr wahrscheinlich durch eure pflanzlichen Gene weniger aggressiv."

Sie zuckte mit der Schulter. „Vielleicht liegt es auch an der veganen Ernährung."

„Glaub ich nicht. Bei uns liegt der Anteil der Veganer mindestens bei einem Drittel."

„Dann weiß ich es auch nicht."

„Es wird wohl an dem Pflanzlichen liegen."

„Tja."

„Das müsste mal wissenschaftlich untersucht werden."

„Ja." Samira schaute zum Himmel und schnaufte. „Es wird allmählich kühl. Wir sollten reingehen."

„Ja", sagte Lukas und dachte: Ich könnte dich wärmen.

Als er später im Bett lag, las er noch in dem Buch: In den 1990ern sollte eine zivile Raketenbasis auf El Hierro errichtet werden. Die Europäische Weltraumbehörde plante, mindestens zwei Forschungssatelliten pro Jahr in eine Erdumlaufbahn zu schicken. Aus Sicherheitsgründen sollten zum Startzeitpunkt sogar benachbarte Dörfer evakuiert werden. Doch die Insulaner wehrten sich mit massiven Protesten dagegen. Auch um ihre einzigartige Natur zu schützen. 1997 wurde das gesamte Projekt mit großer Mehrheit vom kanarischen

Parlament abgelehnt.

Da seine Augenlider zusehends schwerer wurden, klappte Lukas das Buch endgültig zu und schaltete die Lampe aus. Er schlief mit dem Gedanken ein, dass diese Inselbewohner schon immer ein ganz außergewöhnliches Völkchen waren.

Vierter Tag: Mittwoch

18

Lukas hatte bereits eine Zeit lang wach gelegen, als Samira an seine Tür klopfte und rief: „Aufstehen! Es ist acht Uhr!"

„Ja! Danke!", erwiderte er und bedauerte gleich wieder, dass sie ihn nicht auf eine intimere Art geweckt hatte. Ich darf nicht immer an so etwas denken, nahm er sich vor, schlug die Decke zurück und schwang sich aus dem Bett.

Beim Frühstück kam Lukas kaum zum Essen. Zuerst erschien Joe mit seiner kleeköpfigen Norma, sie wünschten ihm eine gute Heimreise und empfahlen ihm Schach zu lernen. Lukas bedankte sich mit Handschlag bei ihnen.

Sie waren gerade weg, da eilte Neles Vater herein und wünschte ihm das gleiche auf Deutsch. Außerdem hoffe er, dass Lukas es ihm nicht übel genommen habe, dass er ihre Unterhaltung so abrupt abgebrochen habe, weil er noch nicht unterschrieben hatte. Daniel wechselte noch ein paar Worte mit seiner Tochter, bevor er winkend verschwand.

Nach wenigen Minuten trat der Doc mit seinem Efeukranz an ihren Tisch und sagte zu Lukas: „Hoffentlich klappt alles problemlos in Las Palmas und du hast einen angenehmen Rückflug."

„Ich vertraue auf Cyrus' diplomatische Erfahrungen."

„Das kannst du auch. Und du solltest uns nicht in allzu schlechter Erinnerung behalten."

„Auf keinen Fall!", entrüstete sich Lukas. „Ihr habt mir alle sehr geholfen und wart immer nett zu mir. Mehr als ich vermutlich. Ich möchte mich besonders bei dir für meine Ungeduld entschuldigen."

„Schon gut", der Chinese lächelte unergründlich.

„Hier ist natürlich auch alles extrem ungewöhnlich für einen Fremden aus einer anderen Welt", Lukas grinste und verdrehte die Augen.

„Wir kennen noch keinen anderen als dich", sagte Bruce, und alle am Tisch lachten.

„Also, ich wünsche dir alles Gute", der Doc reichte Lukas die Hand und verabschiedete sich.

„Ich soll dich auch von Jean grüßen", sagte Ludmilla. „Er muss immer schon um sieben in der Werkstatt sein."

„Vielen Dank. Und grüß ihn zurück." Beim Blick auf ihre weißen Windröschen fragte sich Lukas plötzlich, ob sich die Spezies mit Blüten auch über Bestäubung durch Insekten fortpflanzen konnten? Das fand er sofort so absurd, dass er sich beherrschen musste, um nicht loszuprusten.

Eine Weile herrschte Schweigen am Tisch, man hörte nur Essens- und Trinkgeräusche.

Lukas war gerührt, dass Joe, Norma, Daniel und der Doc extra vor ihrer Arbeit hergekommen waren, um Wiedersehen zu sagen. Das hatte er nicht erwartet. Er merkte, dass Nele und Samira einen direkten Blickkontakt mit ihm vermieden.

Dann stand der kahlköpfige Marcel neben ihm und räusperte sich. „Ich wünsche dir einen super Rückflug in deine moderne Welt. Und sag denen, dass sie bald mit mir rechnen können.“

„Danke.“ Lukas wollte ihm keine falschen Hoffnungen machen.

Marcel hatte wohl mehr erwartet. Mit einem leisen „Tschüss“ ging er schnell hinaus.

„Der wollte bestimmt deine Adresse haben, um dich in Berlin mal zu besuchen“, lästerte Bruce.

„Sei nicht so gemein“, ermahnte ihn Samira.

„Ich kann ihm die gerne geben“, Lukas schaute in die Runde, doch niemand ermunterte ihn und Marcel war weg.

Schließlich verkündete Samira nach einem Blick auf ihre Armbanduhr: „Es ist viertel vor zehn. Du solltest deinen Kaffee austrinken und dann langsam rausgehen.“

„Ja.“ Lukas leerte seine Tasse. Trotz aller Freude fühlte er sich auch etwas unwohl.

„Samira und ich begleiten dich nach draußen“, sagte Nele.

„Das ist nett.“ Lukas erhob sich und löste damit ein allgemeines Aufstehen aus. Er schüttelte Bruce die Hand und neigte seinen Kopf zu Ludmillas Windröschen. Dann bückte er sich und ergriff den Stoffbeutel mit Rasier- und Duschzeug, Wechselwäsche, einer Kunstglasflasche mit Wasser und zwei Äpfeln. „Ich hab jetzt deutlich mehr als bei meiner Ankunft." Alle lächelten und nickten. Nele und Samira gingen vor. Mit einem „Tschüss, ihr beiden", folgte er ihnen.

Draußen stand schon das Auto mit dem Emblem der Homo herba-Stiftung an den Vordertüren: ein nach unten gerichtetes Efeublatt mit der Schrift drüber und drunter. Der Fahrer saß hinter dem Steuer.

„Warum ist denn das eine Falle?", wunderte sich Samira und sah Nele irritiert an.

„Keine Ahnung. Vielleicht war kein anderer verfügbar."

„Komisch."

„So, meine Lieben", Lukas zog die Augenbrauen hoch. „Besonders euch möchte ich für alles danken. Ich werde euch vermissen."

„Bestimmt nur, bis du in der Luft bist", Nele grinste und nahm ihn in den Arm. „Ohne dich werde ich wieder viel weniger Deutsch sprechen."

„Wenn es ginge, würde ich dich öfter mal anrufen", sagte Lukas.

Nele trennte sich von ihm und zwinkerte ihm zu.

„Und grüß deine Großeltern von mir."

„Mach ich."

Dann umarmte er Samira mit dem baumelnden Stoffbeutel in der rechten Hand. Er inhalierte ihren frischen Duft nach Gras und Zitrone und hätte sie gerne zum Abschied geküsst. Aber er spürte eine Abwehrhaltung an ihr.

Auch sie löste sich rasch von ihm und sagte: „Guten Heimflug zurück in deine Welt."

„Danke. Macht's gut." Lukas fühlte sich mies und hatte einen trockenen Hals. Sie winkten sich gegenseitig zu. Es tat ihm weh, den Blickkontakt mit Samira zu beenden. Er drehte sich um und öffnete die Beifahrertür.

„Bitte hinten einsteigen", sagte der Fahrer abweisend.

Lukas warf die Tür zu, verdrehte die Augen zu den Frauen hin und stieg hinten ein, legte den Beutel neben sich auf die Rücksitzbank und zog die Tür zu.

Dieser unfreundliche Chauffeur fuhr sofort los. Als Lukas zurückblicken wollte, bogen sie gerade von der Einfahrt nach rechts auf die Straße. Samira und Nele konnte er nicht mehr sehen.

„Bitte anschnallen!" Die Stimme des Fahrers kam über einen Lautsprecher, weil der vordere vom hinteren Teil durch eine Glasscheibe getrennt war.

Lukas konnte von seinem Sitzplatz genau die grünen aufgeklappten Venusfliegenfallen auf seinem Kopf erkennen, die alle vom Sicherheitsdienst trugen und ihnen den Spitznamen gaben. Jetzt fiel ihm auch wieder ein, dass Samira mit Nele darüber gesprochen hatte, dass es sich bei dem Fahrer um eine Falle handelte, was wohl nicht üblich war.

Sie fuhren ziemlich schnell eine Steigung hinauf, links konnte er noch kurz diese abgebrochene Bergspitze sehen, bevor sie aus seinem Blickfeld verschwand. Rechts tauchte für einen Moment ein Stück Meer auf.

Lukas dachte daran, was ihm Samira gestern Abend über diese Fallen erzählt hatte. Dass er jetzt so einem im Labor entstandenen und ohne menschliche Nähe herangewachsenen Mann ausgeliefert war, bereitete ihm Unbehagen. Er bemühte sich, seine Bedenken zu verdrängen und sich auf den baldigen Flug mit einer Drohne zu freuen, für die er sich schon länger begeisterte.

Sie kamen einer Abzweigung nach rechts näher. Überraschenderweise wurde das Auto langsamer und bog dort ein, obwohl die breite Hauptstraße weiter geradeaus nach Valverde führte, wie ihm Joe gesagt hatte.

„Warum sind wir denn hier abgefahren?", fragte er laut. Da die Falle überhaupt nicht reagierte, lehnte er sich vor, klopfte an die Scheibe und rief: „Hola!" Dann wieder auf Englisch: „Hallo? Antworten Sie!"

Doch dieser Mistkerl blieb völlig unbeeindruckt.

Lukas buffte mit der Faust gegen das stabile Glas und beschimpfte den Fahrer. Dessen einzige Reaktion war ein kurzer Blick in den Rückspiegel.

Nun hörte er im Fußraum ein deutliches Zischen. Verwundert schaute er runter, konnte aber nichts ausmachen. Er hielt eine offene Hand nach unten und spürte starke Luftströme aus mehreren länglichen Öffnungen. Da wurde etwas Farbloses hineingeblasen.

Ein Gas?, dachte Lukas entsetzt. Er konnte absolut nichts riechen oder schmecken. Er schlug gegen die Scheibe. Dann versuchte er, eine Tür oder ein Fenster zu öffnen. Keine der Tasten und Hebel funktionierte. Er war eingesperrt und diesem Zeug hilflos ausgesetzt.

Das Auto fuhr mit gleicher Geschwindigkeit weiter. Die Landschaft draußen wurde immer verschwommener, als ob starker Nebel herrschte.

Es dauerte einen Moment, bis er begriff, dass der sich nur in seinem Kopf befand. Ihm wurde schwindelig, alles trübte sich ein, bis er plötzlich in einer schwarzen Finsternis versank.

19

Als Lukas wieder zu sich kam, hing er immer noch auf der Rücksitzbank, aber beide Türen standen weit auf. Seine Hand lag auf seinem Stoffbeutel im Fußraum. Wie durch Watte hörte er mehrere Männer sprechen, doch er verstand kein Wort.

Dieser angebliche Chauffeur hatte ihn mit einem Gas betäubt. Aber warum? Was hatte er mit ihm vor? Er hatte absolut nichts Wertvolles bei sich.

Offensichtlich war der Fahrgastraum dieses Autos genau für so einen Zweck präperiert worden. Diese Passagiere sollten ihr erwartetes Ziel nie erreichen.

Lukas nahm unauffällig alle Sachen bis auf die Kunstglasflasche aus dem Stoffbeutel, dann umklammerte er ihn an der Trageseite.

Er drehte den Kopf vorsichtig und sah zur linken Seite. Er konnte den Fahrer erkennen, der neben dem Wagen stand und eine aufgezogene Spritze überprüfte. Jetzt zog er die rötliche Kappe ab und warf sie achtlos weg.

Diese Spritze ist garantiert für mich bestimmt, schoss es Lukas durch den Kopf und löste Panik aus. Die wollen mich umbringen!

Nun sagte der Fahrer etwas zu anderen Männern, die sich rechts befinden mussten und ihm antworteten. Sie redeten spanisch.

Die verdammte Falle mit der Spritze näherte

sich seinem Hals, die anderen würden ihn sicherlich gleich an den Füßen herausziehen. Lukas schielte mit dem nicht geschlossenen Auge zu ihm und wartete mit rasendem Herzschlag den richtigen Moment ab. Dann richtete er sich abrupt auf, riss den Beutel mit der Flasche kraftvoll hoch und knallte ihm den Kerl an den Kopf. Mit einem Aufschrei ließ der die Spritze fallen und fiel um. Rechts glotzten ihn zwei Fallen wie in Schockstarre an.

Lukas schwang sich flink aus dem Auto, stieg über den ohnmächtigen Fahrer hinweg und rannte los. Die beiden Halunken stießen spanische Flüche aus und würden sofort die Verfolgung aufnehmen.

Lukas versuchte sich zu orientieren. Er entfernte sich von der Straße und entschied sich für die Richtung zu einem nahen Wald. Da könnte er sich am besten verbergen.

Bei einem hastigen Blick zurück sah er, dass einer der Typen ein Gewehr mit einigem dran aus einem zweiten Auto geholt hatte, der andere lief ihm anscheinend unbewaffnet hinterher. Aber der war nicht so schnell wie er.

In was für einen Albtraum bin ich da geraten?, fragte sich Lukas und begann mit mulmigem Gefühl Haken zu schlagen. Zum Glück war das Gelände nicht völlig kahl, hier gab es einzelne junge Bäume, großblättrige Stauden und stattliche Gebüsche.

Hinter so einem stoppte er und schaute zu

dem Kerl mit dem angelegten Gewehr. Es hatte ein Zielfernrohr und einen Schalldämpfer. Der Schütze lauerte darauf, dass er sich wieder zeigte. Lukas bückte sich und rüttelte mit aller Kraft an einem stark belaubten Ast. Er hörte tatsächlich ein ploppendes Geräusch und etwas ins Strauchwerk zischen.

Sofort startete er von der anderen Seite und sprintete im Zickzackkurs und mit häufigen Sprüngen auf den Waldrand zu. In seiner Umgebung registrierte er mehrere Einschüsse. Er bemühte sich, die tödliche Gefahr zu verdrängen und durch Bewegung zu kompensieren. Der Abstand zu seinem direkten Verfolger hatte sich zum Glück nicht verringert.

Lukas kam an einigen länglich aufgeschichteten Steinhaufen vorbei, die ihn überragten und ihm deshalb einen hervorragenden Sichtschutz gaben.

Leider nur für kurze Zeit, da sich die Fläche zum Wald nun zu einem ansteigenden Hang entwickelte. Sein Hüpfen und die ständigen Richtungswechsel retteten ihn vor so mancher Kugel, die richtig schmatzend ins Erdreich jagten.

Endlich erreichte er die ersten Bäume. Er klatschte erleichtert an eine krustige Kiefer und sah japsend zurück. Die Steigung kostete der unbewaffneten Falle allerhand Meter.

Dann schlug eine Kugel in seiner Kopfhöhe in den Stamm neben ihm, zerfetzte Rindenstücke flogen auseinander. Zu Tode erschrocken rannte er weiter, hörte noch andere Holztreffer, die ihn noch mehr antrieben.

Die unterschiedlichen Bäume standen nun immer dichter, manche umgeben von ihrem Nachwuchs. Das gab Lukas Sicherheit und endlich etwas Zeit zum Verschnaufen. Vornübergebeugt stützte er sich auf den Knien ab und hechelte die Anstrengung hinaus.

Es dauerte nicht lange, bis sich seine Atmung wieder normalisiert hatte. Er richtete sich auf und streckte sich. Hier war es so still und friedlich, dass er kaum glauben konnte, dass man gerade noch mehrmals auf ihn geschossen hatte.

Bis er ein lautes Knacken hörte. Aus der Richtung, die er gekommen war. Da hatte eindeutig jemand auf einen trockenen Ast getreten. Die Gefahr war nicht vorüber. Seine Verfolger kamen näher. Er musste weiter.

Lukas lief nun langsamer und mit voller Konzentration. Er musste geräuschlos sein. Er überprüfte jede Stelle, auf die er seine Füße setzen wollte. Es ging immer noch leicht bergauf.

Nach ungefähr zehn Minuten hatte er den Scheitelpunkt erreicht. Er blieb stehen und lauschte aufmerksam zurück. Er konnte nichts hören, zweifelte aber nicht daran, dass die Fallen weiterhin hinter ihm her waren.

Er marschierte nun mit schnellen Schritten den Hang hinab. Allmählich verringerte sich der Baumbestand, ab und zu gab es Lichtungen mit hohem Gras. Zu seiner Überraschung kreuzte er einen deutlichen Waldweg. Er entschied sich für die rechte Richtung, weil die etwas Gefälle hatte. Nun begann er wieder leichtfüßig zu laufen.

Nach einer Weile entdeckte er vor sich verfallene Gebäude zwischen dem üppigen Grün. Der Weg führte genau dorthin. Es handelte sich wohl um ein vor langer Zeit aufgegebenes Dorf.

Im ersten Impuls wollte er sich dort verstecken, vielleicht gab es da ja Wasser, um seinen extremen Durst zu löschen. Doch genau an diesem Ort würden diese Labormonster zuerst nach ihm suchen.

Kurz vor der ersten Ruine wurde aus dem unbefestigten Weg eine doppelt so breite Straße mit Kopfsteinpflaster. In den ungleichmäßigen Fugen wuchsen Gras, Moos, Löwenzahn und ihm unbekannte Kriechgewächse.

Auf der anderen Seite hatte sich ein Dickicht aus Farnstauden bis zum Straßenrand ausgebreitet, nach hinten wurden die Pflanzen immer höher und reichten bis in den Wald hinein.

In diesem mannshohen Dschungel würde er sich verbergen und unbemerkt die Durchsuchung dieses verlassenen Dorfes abwarten. Wenn die Fallen abgezogen waren, konnte er Ausschau nach Wasser und einem einigermaßen erhalten gebliebenen Haus halten. Die würden ja wohl kaum zweimal den gleichen

Ort durchkämmen.

Lukas schritt nicht von vorne in diesen grünen Wall, um keine sichtbare Spur zu hinterlassen. Er ging ein Stück außen herum, kämpfte sich durch dieses Dickicht vorwärts und dann wieder etwas nach vorne, bis er die ideale Beobachtungsstelle gefunden hatte. Von hier aus konnte er die Straße und das kleine ehemalige Dorf gut überblicken, ohne selbst gesehen zu werden.

Er stand zwischen Pflanzen, die größer als er waren. Die filigranen, wedelförmigen Blätter hatten manchmal die Größe von Handtüchern. Vor lauter Durst kam er auf die Idee, einen dicken senkrechten Stängel durchzubrechen, weil ja vielleicht Wasser in der Röhre gespeichert wurde. Doch die war nicht so hohl wie erhofft, und es tropfte auch nichts heraus, wenn man sie verkehrt herum hielt.

Als nächstes knipste er eine Spitze vom Farnkraut ab und kaute darauf herum. Es schmeckte sehr bitter, regte aber seinen Speichelfluss an, was seiner ausgedörrten Kehle gut tat. Plötzlich fiel ihm ein, dass die Pflanze womöglich giftig sein könnte. Sofort spuckte er alles wieder aus.

Ich werd schon nicht verdursten, dachte Lukas. Nach meinem Kentern musste ich länger auf Wasser verzichten.

Er versuchte, an irgendetwas Schönes zu denken. Doch außer Samira fiel ihm nichts ein. Und auch die wurde sogleich von seinen

Existenzängsten verdrängt.

Er wurde gejagt und war in Lebensgefahr! Aber warum? Er hatte doch diese Erklärung unterschrieben.

Oder ob die Fallen eigenmächtig handelten? Wollten sie ihn aus Fremdenhass umbringen? Oder waren sie genetisch zu Killern progammiert worden?

Aber er würde das aushalten und überstehen. Jetzt musste er zunächst einmal auf diese Mistkerle warten.

20

Nach seinem Gefühl kamen sie erst Stunden später. Wenn ihn die stabilen Farnstauden nicht so dicht umschlossen und gehalten hätten, wäre er bestimmt umgefallen.

Lukas hörte schon ihre knirschenden Schritte auf dem unbefestigten Weg, bevor er sie rechts sehen konnte. Sie gingen in weitem Abstand nebeneinander her, der eine hielt den Gewehrschaft an seiner Hüfte. Jetzt blieben sie stehen, stellten sich zusammen und beratschlagten leise. Er konnte nun erkennen, dass der langsamere Läufer doch bewaffnet war: hinten am Gürtel hing ein Taser.

Dann trennten sich die Fallen und jeder durchsuchte alleine ein Gebäude. Der eine hielt die Elektroschockpistole jetzt mit beiden Händen nach vorne. Wenn sie draußen wieder Sichtkontakt hatten, schüttelten sie beide die Köpfe und gingen weiter zu den nächsten verfallenen Häusern.

Lukas empfand es wieder wie eine Ewigkeit, bis sie anscheinend fertig waren und sich erneut berieten. Der Schütze hängte sich das Gewehr über die Schulter, zog ein Walkie-Talkie hervor und sprach hinein. Die zweite Falle hatte den Taser weggesteckt und hörte auch aufmerksam zu.

Am anderen Gerät war Gregor, der Chef des Sicherheitsdienstes, der sich nach dem Stand der Suche erkundigen wollte. „Und wo seid ihr jetzt?"

„In Apoyo, diesem etwas höher gelegenen verlassenen Dorf. Das haben wir gerade systematisch durchkämmt."

„Und?", fragte Gregor lauernd.

„Nichts. Wir haben keine Spur von ihm gefunden."

„Verdammt!"

„Ja."

„Und nur, weil Hernan gepennt hat." Gregor hätte in gerne selber für sein Versagen ausgepeitscht. Aber so etwas machte man ja heute nicht mehr. Er grinste, weil sein Gesprächspartner aus Furcht lieber schwieg, als etwas Falsches zu sagen. „Hernan hat mir gestanden, dass er beide Hintertüren weit geöffnet hatte, um den Fahrgastraum zu lüften. Dadurch ist der Deutsche vorzeitig aufgewacht. Sonst wäre er bis zum Ende betäubt geblieben und hätte die Spritze gar nicht gespürt. Aber als Strafe hat Hernan jetzt eine Beule am Kopf."

„Ja."

„Ich bin vorhin das große Waldgebiet mit den angrenzenden Feldern mit der Drohne abgeflogen. Aber ich konnte ihn nirgends sehen. Sonst hätte ich mich natürlich auch gemeldet."

„Ja."

„Morgen werde ich die Strecke von Apoyo die alte Straße runter bis zum Meer abfliegen und dann an der Ostküste entlang bis zu diesem dämlichen Sommercamp und weiter nach Isidro."

„Wir wollten jetzt auch Schluss machen, weil das Unterholz des Waldes schon ziemlich dunkel ist. Ich habe einen Wagen herbestellt, der uns hier abholt."

„Gut. Morgen Früh um sechs sucht ihr weiter. Hernan und noch drei andere sind dann auch da. Also könnt ihr drei Zweier-Suchteams bilden. Wir müssen den finden und beseitigen, bevor er mit irgendjemandem Kontakt aufnehmen kann."

„Verstehe."

„Dann bis morgen. Ende."

„Ja. Ende."

Gregor legte das Walkie-Talkie rechts auf den Tisch und starrte auf den ausgeschalteten Drohnen-Bildschirm vor sich. Er liebte es, mit diesem Ding zu fliegen. Jede kleinste Bewegung, die er mit der Steuerung machte, wurde sofort in zig Kilometern Entfernung von der Drohne ausgeführt.

Schade nur, dass sie nicht bewaffnet war. Dafür waren die beiden Greise zu geizig gewesen. Was wäre es doch für ein Vergnügen, diesen lästigen Deutschen im Zielsucher zu haben und abzudrücken. Und wie schnell und bequem das ginge. Man müsste nur noch nach den Koordinaten die Stelle aufsuchen und die Leiche wegschaffen.

Gregor beugte sich über den Tisch und stützte den begrünten Kopf mit den Handknöcheln ab. Er dachte an die verhasste Penelope. Irgendwann würde seine große Stunde kommen.

Jetzt waren nicht mehr alle Venusfliegen-fallen weit geöffnet. Zwei Fangkörper hatten sich geschlossen und Fliegen eingesperrt. Sie würden sich erst wieder öffnen, wenn nichts mehr von ihnen übrig geblieben war.

Lukas hatte weiterhin die beiden Fallen aus seinem Versteck heraus beobachtet. Das Funk-sprechgerät war so eins, wie der Doc ihm gezeigt hatte. Ob der womöglich am anderen Ende gewesen war? Sollte der etwa an diesem Mordkomplott beteiligt sein? Aber warum hatte er sich dann die ganze Mühe gemacht?

Lukas hielt den efeuköpfigen Doc für unschuldig. Aber wo in der Hierarchie von Homo herba befand sich der mächtige Auftrag-geber? Der Hochrangigste, den er kennenge-lernt hatte, war Cyrus gewesen. Aber diesen Oberjuristen konnte er sich auch nicht als jemanden vorstellen, der Entführung und Mord befohlen hatte. Warum hätte er dann auf die-sem Vertrag mit der horrenden Strafsumme bestehen sollen?

Das machte alles überhaupt keinen Sinn. Der unbekannte Drahtzieher dieses Verbre-chens musste ganz oben in dieser allmächtigen Stiftung sitzen und das Kommando über diese abartige Sicherheitstruppe haben.

Der mit dem Gewehr hatte das Walkie-Talkie

wieder weggesteckt. Die beiden Fallen redeten aufgebracht miteinander und schimpften über irgendwas. Als sie sich beruhigt hatten, setzten sie sich an den Straßenrand. Anscheinend warteten sie auf jemanden.

Lukas war enttäuscht, dass sie nicht endlich verschwanden. Er konnte nicht mehr stehen, war erschöpft und hatte unheimlichen Durst.

Nach einer Weile hörte er ein entferntes dumpfes Rattern, das rasch lauter wurde. Das war bestimmt ein Auto, das auf der holperigen Straße hierher fuhr. Nach wenigen Minuten tauchte ein grüner Geländewagen auf, die Reifen dröhnten auf dem Kopfsteinpflaster.

Er hielt vor den Fallen, die sich mühsam erhoben und mit dem Fahrer sprachen. Den konnte er aber nicht erkennen, an der Tür war kein Efeu-Blatt. Der mit dem Gewehr setzte sich auf den Beifahrersitz, der mit dem Taser hinter ihm. Das Auto wendete und fuhr wieder donnernd zurück.

Lukas wartete, bis er keinerlei Fahrgeräusche mehr hören konnte. Dann brach er einfach geradeaus durch das Farndickicht, reckte sich und beugte sich nach vorne, stützte sich auf den Oberschenkeln ab. Danach überquerte er die Straße und inspizierte die ersten bemoosten Ruinen.

Leider entdeckte er keine Brunnen und Pumpen. In einem Raum der dachlosen Häuser befand sich zwar stets ein steinernes Waschbecken, aber es gab keinen Wasserhahn nebst

Leitung. Dieses Dorf, das aus höchstens zwanzig Höfen bestand, musste schon vor der Einführung von Strom und fließendem Wasser aufgegeben worden sein. Also war es mindestens 250 Jahre alt. In dieser langen Zeit hatten die Natursteinmauern der Gebäude mehreren Generationen der umliegenden Orte anscheinend als Steinbruch gedient.

Ermattet setzte sich Lukas hin und lehnte sich an eine Wand, die noch bis zu seinem Kopf reichte. Er brauchte unbedingt Wasser. Dieses verheißungsvolle Stichwort kurbelte seine Gedanken an, bis ihm die Geschichte über die Ureinwohner mit ihrem heiligen wasserspendenden Baum einfiel. Womöglich hatten die Dorfbewohner hier auch so einen gehabt, dessen Blätter durch Nebelkondensation Wasser sammelten und abtropfen ließen. Immerhin sollte es ja auf der Insel keine Quellen geben.

Dieser Einfall belebte ihn sofort, er stand auf und begann die hinteren Bereiche der Grundstücke abzusuchen. Er durchstreifte die kniehohen verwilderten Gärten und hoffte auch auf etwas Essbares. Doch er kannte sich mit dem Grün von Gemüse absolut nicht aus. Er fand nur vertrocknete Brombeeren und mumifizierte Kirschen.

Als er sich mal wieder resigniert umschaute, fielen ihm in einiger Entfernung rote Punkte in einem Baum auf. Voller Hoffnung rannte er dorthin und stand dann strahlend unter einem

Apfelbaum, pflückte einen und biss gierig hinein. Obwohl die kleine Frucht hart, schorfig und sauer war, schmeckte sie ihm vorzüglich. Er saugte regelrecht den Saft aus dem Apfel und nahm sich gleich den nächsten.

Nach sechs Stück fühlte er sich schon deutlich besser. Er steckte sich noch zwei in jede Hosentasche und streifte weiter durch das üppige Grün. Ungefähr in der Mitte des Dorfes kam er an ein großes verwittertes Holzgestell, von dem ein paar Segeltuchfetzen herabhingen. Als er unten die steinerne Rinne sah, in der jetzt Moose wucherten, erinnerte er sich an das Wassersegel, das Joe ihm gezeigt und erklärt hatte. Die hatten hier auch so etwas gehabt. Aber vielleicht gab es auch noch die ursprüngliche Form so eines Wassersammlers: einen heiligen Baum.

Den fand Lukas leider nicht, dafür aber einen Feigenbaum, an dem noch vereinzelte überreife Früchte hingen. Er pulte die dunkelviolette Schale auf und schlürfte die weiche Köstlichkeit heraus. Nachdem er alle erreichbaren Feigen vertilgt hatte, leckte er sich die klebrigen Finger ab und schaute sich um.

Es musste schon später Nachmittag sein, da der Waldrand bereits im Schatten lag. Es war Zeit, sich einen Platz zum Übernachten zu suchen.

Er begann mit der Überprüfung einiger Häuser, die von außen nicht so verfallen aussahen. Zu jedem gehörte ein Stall, in dem teilweise

steinerne Tröge und Tränken standen. Damals
zählten natürlich noch tierische Nahrungs-
mittel zur Ernährung der Inselbewohner. Er
dachte sehnsüchtig an Spiegeleier mit Bacon,
gegrillte Bratwurst und knuspriges Hähnchen.
Ihm lief tatsächlich das Wasser im Mund
zusammen, und er schluckte es dankbar.

Lukas entschied sich schließlich für ein
Gebäude, bei dem ebenfalls die Dachbe-
deckung fehlte, aber fast bis zur Hälfte durch
eine dicke Schicht einer kräftigen Kletterpflanze ersetzt war. Er rechnete zwar nicht
mit Regen, aber so fühlte er sich gleich
geschützter.

Er setzte sich in eine Ecke und lehnte sich
an. Von hier aus hatte er auch einen guten
Blick durch die Fensteröffnung nach draußen.
Hier war er vorerst in Sicherheit. Zumindest
bis morgen Früh. Dann musste er weiter und
die Küste erreichen. Am besten den Hafen in
Valverde. Vielleicht konnte er sich da unbemerkt auf ein Schiff schleichen.

Plötzlich kam ihm ein bedrohlicher Gedanke:
Hoffentlich hatten die Fallen keine Spürhunde!
Wäre ja nicht so abwegig für einen Sicher-
heitsdienst.

Dann war er verloren. An den Sachen im
Stoffbeutel konnten die garantiert seinen
Geruch aufnehmen und ihn überall auf El
Hierro finden. Es gab ja hier kein Wasser, mit
dem er seine Fährte kappen könnte.

Er bemühte sich, schnüffelnde Hunde aus

seinem Kopf zu verdrängen. Lenkte sich damit ab, über die Schuldigen nachzugrübeln, die ihn beseitigen wollten. Die Vorgesetzten von Cyrus mussten ganz andere Absichten haben als die hilfsbereiten Leute, die er kennengelernt hatte.

Warum wollte man ihn töten? Wieso sollte er verschwinden?

Und er hatte mal geglaubt, diese Insel mit ihren absonderlichen Pflanzenmenschen sei ein friedliches Paradies.

Irgendwann fiel ihm auf, wie düster es hier drinnen schon war. Er rappelte sich auf, trat ans Fenster und schaute hinaus. Die Dämmerung hatte alles eingetrübt, Straße und Häuser waren undeutlich, der Waldrand schwarz. Auch wenn der Himmel eine dunkelblaue Farbe hatte, war er noch heller als die Welt hier unten.

Bevor er sich wieder in seine Ecke setzte, nahm er die kleinen Äpfel aus seinen Hosentaschen und reihte sie an der Wand auf: zwei für heute Abend noch und zwei zum Frühstück.

Vielleicht war es auch besser, nicht zur Küste, sondern zurück ins Dorf zu gehen und seine neuen Freunde um Hilfe zu bitten. Er sollte morgen Ausschau nach Feldarbeitern halten, um sie nach dem Weg nach Isidro zu fragen. Womöglich könnte er sogar ein Auto stoppen und um Mitnahme bitten.

Aber durfte er unbekannten Leuten trauen? Wie würden die auf einen Artfremden reagieren? Die könnten irgendwie zur anderen, zur heimlichen, dunkleren Seite von Homo herba gehören oder zumindest zu ihnen halten. Im schlimmsten Fall würden die ihn direkt bei den Fallen abliefern. Nein, das war zu riskant.

Er konnte sich nur auf Samira, Nele, den Doc und die anderen verlassen. Aber würden die ihm diese krimimäßige Geschichte überhaupt glauben? Die mussten doch annehmen, dass er inzwischen im Flughafen auf Gran Canaria auf seine Maschine nach Deutschland wartete, mit einem Ersatzausweis und Geld vom Konsulat.

Außerdem hatten die gar keine legale Möglichkeit, ihm beim Verlassen der Insel zu helfen. Selbst der Doc konnte nur über Cyrus etwas Offizielles in die Wege leiten. Und der musste wiederum seine Vorgesetzten in Valverde informieren. Und jemand von denen war für seine jetzige Situation verantwortlich und ein skrupelloser Auftraggeber für Entführung und Mord.

Nein. Er musste es alleine schaffen. Er musste zur Küste. Nur übers Wasser konnte er von hier fliehen.

Das Stück Himmel, das er von hieraus sehen konnte, war mittlerweile auch fast schwarz. Bestimmt leuchteten schon Sterne und der Mond. Er musste gähnen.

Vielleicht schaute Samira in diesem Augenblick auch zum Firmament und dachte ebenfalls an ihn.

Ihn überkam jetzt die Müdigkeit wie eine Woge. Er streckte sich entlang der Mauer aus, legte den Kopf auf die Hände und behielt diese Aussicht bei. Die staubigen Dielen waren noch warm. Er fand sie viel angenehmer, als im lockeren Sand zu liegen, den er in den meisten Räumen vorgefunden hatte.

Er roch die Äpfel. Die Stille war absolut und eigentlich unheimlich. Aber er atmete ganz entspannt und tief. Seine Lider wurden immer schwerer, bis die Schwärze vollkommen wurde.

Er rennt um sein Leben. Eine Gruppe böser Bäume ist hinter ihm her. Voller Wut haben sie ihre Wurzeln aus der Erde gerissen und den friedlichen Ahnenwald verlassen.

Sie kommen immer näher. Ihre belaubten Äste greifen nach ihm, versuchen ihn zu packen. Er muss schneller laufen.

Bei einem entsetzten Blick zurück sieht er, dass der Baum direkt hinter ihm weit und knarrend ausholt. Einige Zweige sind jetzt vor ihm.

Doch sie tragen keine normalen Blätter, sondern handgroße Venusfliegenfallen. Sie haben grüne spitze Zähne und schnappen gierig nach ihm. Eine beißt ihm in die Schulter, eine andere in den Hals. Er sieht sein Blut an den monströsen Pflanzen. Er schreit vor Schmerz auf und erwacht.

Er lag in totaler Finsternis. Als er sich nach dem irren Traum wieder orientiert hatte, beruhigte sich seine Atmung langsam. Seine nackten Beine waren kalt. Er setzte sich aufrecht hin und rieb sich die Oberschenkel.

Nachdem sich seine Augen an die Dunkelheit gewöhnt hatten, konnte er zwischen draußen und drinnen unterscheiden. Der Nachthimmel war etwas milchig aufgehellt, bestimmt vom Mondlicht.

Lukas legte sich abermals hin, nur diesmal mit dem Gesicht zur Wand. Ausgerechnet der Duft der Äpfel gab ihm ein Gefühl der Geborgenheit. Er schlief bald ein.

Fünfter Tag: Donnerstag

21

Als er die Augen wieder öffnete, sah er zuerst die Natursteinmauer. Er drehte sich zur anderen Seite und schaute aus dem Fenster. Es war ein sonniger Morgen mit hellblauem Himmel. Irgendwo trällerte ein Vogel.

Lukas stand umständlich auf und reckte sich. Er spürte die vielen Kilometer von gestern in den Beinen. Er hob seine Äpfel auf, steckte drei in die Hosentaschen und biss in den vierten, saugte den sauren Saft heraus. Schade, dass er keine Bananenstaude gefunden hatte.

An seinem kargen Frühstück kauend, verließ er sein Nachtquartier. Mit einem Rundumblick überprüfte er die Umgebung. Er konnte nichts Verdächtiges ausmachen. Er warf den sauber abgenagten Griebs weg und ging zum Pinkeln hinters Haus. Dabei bedauerte er den Verlust der Flüssigkeit. Angeblich konnte man seinen Urin gefahrlos trinken. Aber so weit war er noch nicht.

Als Lukas dann auf der begrünten Straße marschierte, blendete ihn die Sonne, bis er das Dorf hinter sich gelassen hatte und sich im dichten Wald befand. Eigentlich rechnete er damit, dass das Kopfsteinpflaster wieder aufhörte und in einen Waldweg überging. Aber es blieb. Also war diese Straße zur damaligen

Zeit die Hauptverbindung zu anderen Orten gewesen.

Ein paarmal hörte er das kurze Rattern eines Spechtes, ab und zu auch Vogelgezwitscher oder einzelne Rufe. Ansonsten nichts. Nur seine gleichmäßigen Schritte.

Allmählich verringerte sich der Baumbestand, besonders hohe wurden seltener. Immer öfter gab es Lichtungen mit saftigem Gras. Er dachte daran, wie er das von Samiras Kopf probiert hatte. Sein Lächeln ging in ein Seufzen über. Seine Gedanken verloren sich im Takt seiner Füße.

Schließlich kam er an den Rand des Waldes und spähte wachsam in die leicht abschüssige Landschaft. Zuerst gab es hier Heideflächen mit Büschen und vereinzelten Birken. Dort mündete die alte Straße in eine asphaltierte. Weiter unten erblickte er Getreide- und Gemüsefelder. Aber er konnte keinen Traktor und keine Menschen entdecken.

Er würde der modernen Straße nach rechts folgen, aber möglichst in Deckung. Lukas genehmigte sich den nächsten Apfel und wanderte weiter.

Als er diese Straße erreicht hatte und in einem Abstand von ungefähr fünf Metern neben ihr herging, hörte er ein ungewöhnliches Geräusch.

Er hatte extra die linke Straßenseite gewählt, weil es hier mehr Bäume und Gebüsche gab. Er stellte sich an einen Kastanienstamm, lauschte konzentriert und schaute in die Richtung dieses Summens, das stetig lauter wurde.

Das muss eine Drohne sein, dachte Lukas. Doch er konnte sie wegen des dichten Blattwerks nicht sehen. Aber sie mich dann auch nicht, fiel ihm erleichtert ein.

Dieser hohe Ton schwoll an, erreichte seinen Höhepunkt, als sie wohl direkt über ihm schwebte und klang dann wieder ab.

Er wagte sich aus seiner Deckung, machte zwei Schritte vom Baumstamm weg, legte sich ins Gras, robbte noch ein Stück näher zur Straße und hielt Ausschau.

Dann sah er sie. Es war eine große professionelle Transport- und Kameradrohne. Sie flog in geringer Höhe über die Baumwipfel und folgte dem Straßenverlauf. Das Summen konnte er noch hören, bis sie bei einer Linkskurve außer Sicht geriet.

Lukas erhob sich und setzte seinen Weg unter dem grünen Dach fort. Ein Punkt beruhigte ihn etwas: Da es sich nicht um eine Hobby-Drohne handelte, bei der sich der Bediener in der näheren Umgebung aufhalten musste, konnte bei so einem Fluggerät die steuernde Person mehrere Kilometer entfernt vor dem Monitor hocken, vermutlich in Valverde. Also musste er nicht damit rechnen, dass die Fallen gleich hier irgendwo auftauchen würden. Natürlich sollte er vorsichtig bleiben.

Nach einer Weile wurden seine Deckungsmöglichkeiten immer spärlicher. Er kletterte auf einen geeigneten Baum und blickte sich um. Rechts breitete sich ein großes Maisfeld aus. Auf der linken Seite, weit hinter einer auffälligen Felsgruppe, erspähte er ein Stück glänzendes Meer. Da musste er hin.

Zurück auf dem Erdboden, konnte er es nicht mehr sehen. Aber diese Felsen. An die konnte er sich orientieren. Er verließ die Straße, rannte über ein Feld mit vermutlich Gründünger, von dem ihm Joe einiges erzählt hatte. Er war froh, als er sich dann wieder unter Bäumen befand. Die weiterhin sichtbaren Felsen zeigten ihm die Richtung an.

Beim Gehen aß er seinen vorletzten Apfel. Nach kurzer Zeit hatte er das Ende des Wäldchens erreicht. Ab hier gab es keine schützenden Bäume mehr bis zu den Felsen. Er marschierte durch das hohe trockene Gras und horchte dabei nach eventuellen Drohnengeräuschen. Er fühlte sich wie auf einem Präsentierteller.

Endlich erreichte er diese drei hohen Felsen und lehnte sich erleichtert an einen. Dabei bemerkte er im Augenwinkel eine flinke Bewegung. Er schnellte herum und sah eine kleine Eidechse, die sich jetzt ein Stück weiter wieder regungslos auf dem warmen Gestein sonnte.

Die braucht auch Solarenergie, dachte Lukas und schmunzelte. Er beobachtete sie noch etwas und schritt dann um die andere Seite herum, um sie nicht erneut zu stören.

Nun stand er auch in der Sonne und erfreute sich am Anblick des relativ nahen Meeres, das unterhalb von ihm in ungefähr drei Kilometern begann. Die ruhigen Wellen blinkten durchs Sonnenlicht. Ein Schiff konnte er nirgends entdecken. In weiter Entfernung erkannte er die wolkenverhüllten Gipfel von La Gomera. Er befand sich also auf der richtigen Seite.

Auch hier gab es keine Bäume mehr, dafür vereinzelte Felsen, die aber nicht so hoch wie diese waren. Es nutzte nichts. Er musste zur Küste. Auch ohne Deckung.

Lukas stieß sich ab und machte sich auf den Weg. Zuerst musste er einen Abhang mit Geröll überwinden, bevor er auf eine abfallende Fläche mit Bodendeckern, Steinen und Gestrüpp kam, auf der er besser gehen konnte.

Nach einiger Zeit fiel ihm direkt am felsigen Strand eine von hohen Mauern umschlossene Anlage auf. Sie wirkte wie ein Kloster oder eine Festung, erschien aber überhaupt nicht alt zu sein. Landeinwärts gab es ein großes blickdichtes Tor, zu dem eine asphaltierte Straße führte, deren weiteren Verlauf er von hieraus nicht ausmachen konnte.

Dieses imposante, abgeschirmte Anwesen mit sicherlich eigenem Bootsanleger kann nur einem Millionär gehören, dachte Lukas. Und vielleicht ist da eine noble, aufgeladene Jacht vertäut und wartet auf mich.

Diese verlockende Möglichkeit vertrieb schlagartig all seine Erschöpfung, Durst und Hunger und spornte ihn an. Obwohl die Anlage links von ihm lag, ging er weiter geradeaus. Er wollte sich ihr nicht von vorne nähern, sondern von der Seite und dann vom Meer aus.

Wenn er in entgegengesetzter Richtung der Küste nach Süden folgen würde, käme er nach geschätzten zehn Kilometern an die Stelle, wo er diese verfluchte Insel betreten hatte. Es kam ihm unglaublich vor, dass es erst vor fünf Tagen gewesen war.

Lukas verdrängte alle Gedanken an Samira, Nele und die anderen, weil er sich auf das Hier und Jetzt konzentrieren musste. Da vorne hinter den hohen Mauern gab es für ihn bestimmt eine Fluchtmöglichkeit.

Mittlerweile hatte er den Anfang des felsigen Strandes erreicht, ohne diese Straße noch mal gesehen zu haben. Also musste sie nach Norden führen, nach Valverde. Garantiert hatte dieser Millionär dort noch eine luxuriöse Stadtvilla.

Als er sich der Anlage auf circa 500 Meter genähert hatte, begann er mit der mühseligen Überquerung des unwegsamen Strandes, der hauptsächlich aus schwarzen Felsbrocken bestand.

Dann erblickte Lukas die Rückseite eines Schildes an einem eingeschlagenen Pfosten, was ihm sofort bekannt vorkam. Er kletterte dort hin, wobei er für jeden Schritt ein Stückchen Sand für seine Füße finden musste.

Als er die Vorderseite betrachtete, nickte er vor sich hin. Es war genauso ein Schild, wie er es da am Strand gesehen hatte, wo er sich mit nackten Füßen Samira hinterhergeschleppt hatte, um sich bei ihr zu entschuldigen. In Spanisch, Englisch und Deutsch wurde darauf hingewiesen, dass die gesamte Insel Privatbesitz und das Betreten verboten sei.

Er kraxelte weiter mit Storchenschritten. Dabei fiel ihm ein, dass bei dem Schild noch der Zusatz fehlte: Zuwiderhandlungen werden mit dem Tode bestraft.

Schließlich war die wohl vier Meter hohe Mauer nur noch ungefähr zwanzig Meter entfernt. Es gab keinerlei Öffnungen, nur in gewissen Abständen im oberen Bereich länglich ovale Lampen.

Lukas begab sich nun nach rechts, wo die Mauer ein erhebliches Stück ins Meer hinein ragte. Um sie vorne zu umschwimmen und so aufs Grundstück zu gelangen, würde er komplett nass werden.

Er kam überhaupt nicht auf die Idee, dass diese Lampen auch Überwachungskameras enthalten konnten.

22

Das Wasser war ziemlich kalt. Aber dadurch wurde Lukas sogleich hellwach. Er musste aufpassen, sich nicht an den glitschigen, aber scharfkantigen Felsen zu verletzen.

Als er vorsichtig um die Mauer herumgeschwommen war und sich etwas mehr in Ufernähe am Gestein festhielt, erblickte er eine idyllische und gut besuchte Parkanlage. Das Gelände fiel terrassenförmig zum Meer hin ab. Ganz oben war ein Gebäude mit Glasfront und unzähligen Balkons. Ungefähr in der Mitte, im Schatten von Palmen und auf Flächen mit Golfplatzrasen, befanden sich viele alte Menschen auf Elektrorollstühlen, manchmal in Gruppen, oft zu zweit, selten allein. Fast alle trugen sommerliche Kopfbedeckungen, weshalb er auch keine Pflanzen erkennen konnte.

Auf gepflasterten Wegen schoben weiß gekleidete Pflegekräfte beiderlei Geschlechts ganz gemächlich Rollstühle mit hinfälligeren Greisen. Lukas traute seinen Augen kaum, als er nicht nur beim männlichen, sondern auch beim zahlreicheren weiblichen Personal Venusfliegenfallen auf den Köpfen entdeckte.

Er war verstört und maßlos enttäuscht, weil Samira ihm doch erst vorgestern Abend erzählt hatte, dass es keine weiblichen Fallen geben würde. Hatte sie ihn etwa auch angelogen?

Stimmte das genau so wenig wie die Geschichte, dass alle Leute ab achtzig Jahren langsam verholzen und sich in den Ahnenwald zurückziehen, um sich dort in einen Baum zu verwandeln?

Denn diese Alten hier hatten eindeutig die Achtzig überschritten, bewegten sich mit fahrbaren Rollstühlen und erfreuten sich an der schönen Aussicht. Die hockten nicht einsam im Wald auf einem hölzernen Toilettenstuhl, sondern genossen ihren Lebensabend in dieser noblen Seniorenresidenz.

Lukas drehte den Kopf nun weiter nach rechts und sah tatsächlich einen Bootsanleger, an dem zwar keine Jacht, aber ein recht langes Elektroboot festgemacht war. Sofort stieß er sich von den Steinen ab und tauchte und schwamm dorthin.

Als er nur noch wenige Meter entfernt war, bemerkte er Bewegungen und Aufruhr auf dem Grundstück. Ihm fielen zwei männliche Fallen in schwarz auf, die sich mit Zielfernrohrgewehren durch die Ansammlung der Elektrorollstühle schlängelten und dann weiter nach unten rannten. In seine Richtung.

Lukas kraulte rasch zum Steg, kletterte hoch, zog den Stecker der Solar-Ladestation aus dem Boot und ließ ihn einfach fallen. Er ignorierte das Fallreep für Rollstühle. In Rekordzeit löste er die Taue vom Anleger, warf sie auf Deck und sprang hinterher. Er wäre beinahe mit den nassen Schuhen und triefenden Sachen ausgerutscht. Als er den Steuerplatz erreichte, atmete er erleichtert auf, weil der Schlüssel steckte. Er startete, schob den Gashebel nach vorne, und das Boot fuhr los. Das Fallreep fiel klatschend ins Wasser.

Bei der anschließenden Rechtskurve erspähte er eine Falle auf der vorletzten Terrasse mit angelegtem Gewehr. Die andere konnte er auf die Schnelle nicht entdecken.

Der Schuss war laut und hallte richtig. Die Kugel schlug ein Stück hinter ihm in die Bordwand. Nur einen Atemzug später zerschmetterte der nächste Schuss die Frontscheibe. Wahrscheinlich kam der von der anderen Falle. Lukas gab Vollgas.

Er spürte einige Einstiche an den Armen und im Gesicht. Dort wischte er über Stirn und Wangen und besah sich seine Handfläche, die nur ein bisschen Blut zeigte. An beiden Armen zog er jeweils einen erbsengroßen Glassplitter aus der Haut, die sofort blutete.

Lukas sah die Wolkenberge von La Gomera und hielt Kurs darauf. Um weniger Ziel zu bieten, hockte er sich neben den Sitz. Auch so konnte er gut steuern, nur nicht das Pult überblicken. Auf mehreren Glasscherben waren Blutstropfen von ihm gelandet.

Wieder wurde geschossen. Die Kugel traf den Rahmen der Frontscheibe und ließ ihn vibrieren. Der nächste Schuss ging ins Heck. Sein Blut begann schon zu gerinnen. Wahrscheinlich war es durch den Flüssigkeitsmangel zu dick.

Obwohl er mit Höchstgeschwindigkeit fuhr, kam es ihm schrecklich langsam vor. Es war natürlich kein Vergleich mit einem Jet-Ski oder einem Schnellboot. Da er aber keine anderen Fahrzeuge am Anleger gesehen hatte, konnten sie ihn auch nicht verfolgen.

Und mit jedem Meter Abstand wurde es für die Fallen schwieriger, einen Treffer zu landen. Allerdings gab es noch zwei beim Heck. Aber die Schüsse waren nicht mehr so laut.

Als längere Zeit nichts mehr geschah, schaute Lukas kurz zurück und nickte zufrieden. El Hierro war über einen Kilometer weg. Er befand sich jetzt bestimmt außerhalb der Reichweite ihrer Gewehre. Aber vorsichtshalber blieb er noch in Deckung.

Er drehte sich öfter um und überprüfte mit raschen Blicken das Deck. Es hatte als Sonnenschutz eine helle Segeltuchüberdachung und circa zehn Sitzplätze. Dazwischen gab es mehrere Stellplätze für Rollstühle. Das Boot wurde also auch für Ausflugsfahrten mit den Alten genutzt. Dann erspähte er in einer hinteren Ecke zwei Kisten mit Wasserflaschen und leckte sich gleich die trockenen Lippen.

Lukas versuchte, noch ein bisschen unten zu bleiben, doch der Gedanke ans Trinken wurde übermächtig. Er richtete sich auf, trat knirschend auf Glassplitter und stoppte die Fahrt.

Er eilte zu den Kästen und erschrak und fluchte, weil der erste bereits geleert war. Er hob hastig alle Flaschen an, bis er eine volle fand, die er wie einen Schatz nach vorne trug.

Er drehte den Verschluss der Glasflasche auf, und das Zischen empfand er als himmlisches Geräusch. Lukas setzte die Flasche an und schluckte zuerst mit mühsamer Beherrschung, aber dann immer gieriger, bis sie leer war. Beim Abstellen wurde ihm für einen Moment schwindlig, bis er wieder gerade stand.

Er sah zurück und konnte nichts Verdächtiges entdecken. El Hierro war beruhigend weit entfernt. Er gab langsam wieder Vollgas. Der Akku hatte noch eine Ladung von 88 Prozent. Er korrigierte den Kurs auf die Südspitze von La Gomera. Er wollte nach San Sebastian, weil er dort die meisten Möglichkeiten hatte.

Dann musste er laut rülpsen. Er lachte befreit auf und stieß den rechten Arm in Siegerpose nach oben. Er fühlte sich viel besser. Das getrunkene Wasser hatte all seine Lebensgeister wieder geweckt. Er sollte mal versuchen, auch noch etwas Essbares aufzuspüren.

Lukas stellte den Gashebel auf kleinste Fahrt und durchstöberte alle Winkel des Decks. Er fand tatsächlich eine Packung Kekse und nahm noch eine Flasche Wasser mit nach vorne, zwei volle standen noch im Kasten. Er stellte alles in Reichweite und setzte sich ans Steuerpult. Dabei störte ihn der Apfel in seiner Hosentasche. Er stand wieder auf, holte ihn heraus und betrachtete seine aufgeweichte und gequetschte Reserve. Er warf ihn in den Abfalleimer zu seinen Füßen, neben dem auch zahlreiche Rettungswesten hingen. Er dachte an sein Kentern und legte lieber eine an. Dann setzte er sich erneut hin, gab Vollgas, riss die Kekspackung auf und aß sie genüsslich.

Nach einiger Zeit konnte er die Küstenregion von La Gomera gut erkennen, weil sie nun von der Sonne beschienen wurde. Die Wolken stiegen allmählich die Berghänge hoch.

Die Hälfte der Kekse hatte er aufgegessen und Wasser hinterher getrunken. Im Moment hatte er alles, was er brauchte und fühlte sich gut.

Etwas später fiel ihm ein, dass hier irgendwo tief unter ihm der versunkene Wasserscooter auf dem Grund lag. Ebenso wie sein Handy und sein Portmonee. Er befand sich also wieder ungefähr am Ausgangspunkt dieser verrückten, lebensgefährlichen Geschichte. Hoffentlich auch am Endpunkt.

Lukas konnte immer noch nicht glauben, dass Samira und Nele ihn angelogen hatten. Beim Doc war er sich nicht so sicher. Er war schließlich die einzige Kontaktperson zu Cyrus und nach Valverde.

Als der Hafen von San Sebastian in Sicht

kam, beschloss er spontan, gleich weiter nach
Los Cristianos auf Teneriffa zu fahren, weil bis
jetzt alles so schnell und problemlos verlaufen
war. Dort hätte er noch bessere Optionen.

Er würde sich beim Hafenmeister melden,
nachdem er das ausgeliehene Boot ordentlich
vertäut hatte, damit der die Polizei infor-
mierte. Aber was sollte er denen erzählen? Die
ganze unvorstellbare Wahrheit? Dass Typen
mit fleischfressenden Pflanzen auf den Köpfen
auf ihn geschossen hatten? Die würden ihn
wahrscheinlich gleich in eine Psychiatrie über-
stellen lassen, anstatt das Deutsche Konsulat
für ihn um Hilfe zu bitten.

Und was war mit dem Vertrag, den er
unterschrieben hatte? Immerhin hatte er sich
darin verpflichtet, eine halbe Million Neuros
als Strafe zu bezahlen, wenn er etwas von El
Hierro, seinen Bewohnern und der Homo
herba-Stiftung an andere weitergab.

Aber war das nicht alles hinfällig, weil die
sich ja auch nicht an ihr Versprechen gehalten
hatten und ihn sogar umbringen wollten? Nur
schriftlich hatte er überhaupt nichts.

Lukas ging das Für und Wider einer ehr-
lichen Aussage in Gedanken durch. Dabei
beruhigte ihn der Anblick des weiten leeren
Meeres. Nur auf halber Strecke nach Los Cristianos sichtete er einen Fischkutter.

Als er La Gomera schon eine Zeit lang hinter
sich gelassen hatte, überkam in ein Déjà-vu-
Erlebnis: Er hörte das Summen einer Drohne.

Erschrocken drehte er sich um und schaute nach oben. Tatsächlich! Dieses Mistding schwebte ein Stück hinter und über ihm. Mit so einer Reichweite hatte er echt nicht gerechnet.

Was sollte er jetzt tun? Hier konnte er sich nirgends verstecken.

Oder anders gefragt: Was wollten die jetzt tun? Was konnte diese Drohne ihm schon anhaben, außer hochauflösende Bilder von ihm zu einer Falle zu senden? Für eine Bewaffnung war sie nun wirklich nicht groß und stabil genug.

Plötzlich fühlte er sich stark wie nie und unbesiegbar. Die konnten ihm nichts mehr antun. Er hatte gewonnen. Die mussten sich damit begnügen, ihr selbst zerschossenes Boot wiederzukriegen. In einem Anflug von Überheblichkeit drehte er sich um und winkte der passiven Drohne zum Abschied hämisch zu.

Er wollte ihr gerade wieder grinsend den Rücken kehren, da sah er an ihrer Unterseite ein rotes Licht aufleuchten. Als er von vorne unten ein Klicken hörte, wandte er sich alarmiert um.

Dann explodierte das Boot in einem Inferno von Donnerschlag, Feuer, Qualm und Splittern. Lukas flog über Bord, knallte dabei mit dem Kopf gegen die Reling. Das letzte, was er bewusst wahrnahm, war das Eintauchen ins kalte Wasser.

Das Boot sank sehr schnell. In dem dümpelnden Trümmerteppich trieb Lukas ohnmächtig zwischen all den anderen orangenen Rettungswesten. Er hatte zwar das Gesicht nach unten, bekam aber kein Wasser in den Mund.

Die Drohne wartete noch einen Moment, dann drehte sie ab und beschleunigte beim Entfernen.

Der Fischkutter nahm Kurs auf die Untergangsstelle.

Epilog

Liebe Samira   *18. 11. 2172*

Ich kann mich erst jetzt - zwei Monate nach unserer Zeit - bei dir melden, weil meine Abreise von eurer Insel völlig anders verlaufen ist, als wir es uns vorgestellt hatten. Ich traf überhaupt nicht auf Cyrus, der mich mit einer Drohne nach Gran Canaria fliegen und mich da zum Konsulat begleiten wollte, stattdessen wurde ich ein zweites Mal schiffbrüchig und landete im Krankenhaus.

Aber alles der Reihe nach. Ich hoffe, du kannst meine Handschrift lesen und übersiehst etwaige Fehler. Immerhin habe ich seit meiner Schulzeit keinen längeren Text mehr mit der Hand geschrieben, erst recht nicht auf Englisch. Wie alle habe ich dafür einen Laptop benutzt und mich aufs Rechtschreibprogramm verlassen. Das sehe ich mittlerweile auch kritischer, wie so vieles andere.

Ich erinnere mich noch genau daran, dass du und Nele es seltsam fandet, dass es sich beim Fahrer der Stiftung um eine Falle handelte. Euer Argwohn war hundertprozentig berechtigt. Irgendjemand an der Spitze der Homo herba-Organisation hatte nie vorgehabt, mich einfach von El Hierro wegfliegen zu lassen, sondern gab den Befehl mich zu beseitigen. Die ganze Sache mit dieser Verschwiegenheitserklärung war nur ein Täuschungs-

manöver für euch. Anders kann ich es mir nicht erklären.

Ihr habt ja noch gesehen, dass ich hinten einsteigen musste. Der Fahrgastraum war durch eine Glasscheibe vom vorderen Bereich getrennt, es gab eine Lautsprecherverbindung. Ich wunderte mich, als das Auto von der Hauptstraße nach Valverde abfuhr. Ich fragte den Fahrer nach dem Grund und klopfte an die Scheibe, doch er reagierte nicht. Dann bemerkte ich ein Zischen im Fußraum. Türen und Fenster konnte ich nicht öffnen. Es handelte sich um Betäubungsgas, ich versank in einer Ohnmacht. Diesen Wagen hatte man extra für solch einen Zweck präperiert. Und bei mir war es bestimmt nicht der erste Einsatz.

Als ich wieder zu mir kam, standen die hinteren Türen offen. Ich hörte mehrere Männer spanisch sprechen. Ich spielte weiter den Bewusstlosen und räumte heimlich alle Sachen aus meinem Stoffbeutel, bis auf die Glasflasche. Ich konnte sehen, wie der Fahrer sich mit einer aufgezogenen Spritze mir näherte. Die war garantiert tödlich. Mit einer schnellen Bewegung knallte ich ihm die Flasche mit dem Beutel an den Kopf, er fiel um und blieb liegen. Ich schwang mich aus dem Auto und rannte los, wurde von zwei anderen Fallen verfolgt.

Ich lief auf einen Wald zu. Beim Zurückblicken sah ich, dass eine von ihnen ein

Gewehr mit Zielfernrohr und Schalldämpfer aus einem zweiten Wagen geholt hatte. Der Typ schoss mehrmals auf mich, verfehlte mich aber, weil ich mich im Zickzackkurs fortbewegte und oft Deckung suchte. Die andere Falle blieb mir auf den Fersen.

Endlich erreichte ich den Wald und fühlte mich für einen Moment sicher. Doch die Kugeln schlugen erneut neben mir ein, sie verfolgten mich weiterhin. Irgendwann kam ich in ein vor langer Zeit aufgegebenes Dorf. Da sie dort zuerst nach mir suchen würden, verbarg ich mich gegenüber in einem mannshohen Farndickicht und musste lange auf sie warten.

Als ich die Fallen aus der Nähe betrachten konnte, entdeckte ich, dass der Kerl ohne Gewehr mit einem Taser bewaffnet war. Sie überprüften alle Gebäude und meldeten das negative Ergebnis mit einem Walkie-Talkie. Sie setzten sich an die Straße und warteten. Schließlich kam ein Geländewagen ohne Efeu-Emblem. Sie stiegen ein, das Auto wendete und fuhr den gleichen Weg wieder zurück.

Erleichtert verließ ich mein grünes Versteck. Durch das stundenlange Stehen war ich vollkommen erschöpft und nahe am Verdursten. Leider fand ich kein Wasser, aber zum Glück einen Apfelbaum, an dessen Früchten ich meinen Durst löschen konnte. Einige überreife Feigen halfen gegen meinen Hunger. Mit einem Vorrat an Äpfeln suchte ich mir eine geschützte Behausung, plante mein weiteres Vorgehen, schlief bald ein und verbrachte eine weitere Nacht auf El Hierro.

Am nächsten Morgen verließ ich das Dorf, um an die Küste zu gelangen. Wenn ich unverdächtige Landarbeiter treffen würde, wollte ich sie nach dem Weg nach Isidro fragen. Ich marschierte auf einer alten Straße aus Kopfsteinpflaster, die später in eine asphaltierte mündete. Der folgte ich nach rechts mit etwas Abstand und möglichst unter Bäumen.

Dann hörte ich ein außergewöhnliches Geräusch über mir und entdeckte eine Profi-Drohne, die den Straßenverlauf abflog und eindeutig nach mir suchte. Ich blieb in Deckung, bis sie verschwunden war und setzte meinen unbekannten Weg fort.

Um eine bessere Übersicht zu bekommen, kletterte ich auf einen Baum und erspähte hinter einer markanten Felsgruppe ein Stück vom Meer. Da wollte ich hin. Nirgends konnte ich Menschen sehen.

Das Gelände wurde immer offener, ich fühlte mich schutzlos und fürchtete ein Wiederauftauchen der Drohne. Doch ich erreichte diese Felsen und erblickte das Meer, das unterhalb von mir in circa drei Kilometern begann. In weiter Ferne konnte ich die Wolkenberge von La Gomera erkennen und war erleichtert, dass ich auf der richtigen Seite war.

Als ich hinunter zum Meer wanderte,

bemerkte ich direkt an der Küste eine von hohen Mauern umschlossene Anlage. Ich hielt sie für ein abgeschirmtes Anwesen eines Millionärs. Und da die Mauern bis ins Wasser ragten, hatte der bestimmt einen Anleger mit einem Boot. Das wollte ich mir ausleihen.

Zu dieser festungsartigen Anlage führt auch eine asphaltierte Straße. Ich vermute, dass es eine Verbindung nach Valverde ist. Sie liegt ungefähr zehn Kilometer von eurem Sommercamp weg. Man muss nur der Küste nach Norden folgen.

Als ich die Mauer umschwommen hatte, erblickte ich eine schöne terrassenförmige Parkanlage. Im Schatten von Palmen standen da viele Elektrorollstühle, die von alten Menschen bedient wurden. Auf den Wegen schob weiß gekleidetes Pflegepersonal Rollstühle mit hinfälligeren Alten, dabei handelte es sich einwandfrei um Fallen und in der Mehrzahl um Frauen.

Liebe Samira, du hattest mir ja erzählt, dass es keine weiblichen Fallen geben würde. Aber das stimmt nicht. Da gab es welche. Und sie kümmerten sich mit ihren männlichen Kollegen um Leute jenseits der Achtzig, die doch eigentlich nach euren Schilderungen im Ahnenwald sitzen und sich in Bäume verwandeln sollten. In dieser noblen Seniorenresidenz bewegten sie sich jedoch mit fahrbaren Untersätzen und genossen offensichtlich ihren Lebensabend. Wie kann das sein?

Ich sah dort tatsächlich einen Bootsanleger, an dem ein Elektroboot vertäut war. Sofort tauchte und schwamm ich dorthin. Dabei fielen mir zwei männliche Fallen in schwarz auf, die mit Zielfernrohrgewehren nach unten in meine Richtung liefen.

Ich eilte zum Boot, löste die Seile und sprang aufs Deck. Zum Glück steckte der Schlüssel. Ich startete und fuhr los. Als ich Kurs auf La Gomera nahm, wurde mehrmals auf mich geschossen, diesmal ohne Schalldämpfer. Eine Kugel zertrümmerte die Frontscheibe. Ich hockte mich neben den Steuersitz, um nicht getroffen zu werden. Die meisten Schüsse schlugen ins Heck ein. Schließlich kam ich außer Reichweite ihrer Gewehre.

Auf dem Boot fand ich dann Wasserflaschen und eine Packung Kekse. Endlich konnte ich meinen Durst und Hunger stillen und fühlte mich bald besser. Ich legte auch eine der vielen Rettungswesten an, die mich später vor dem Ertrinken bewahrte. Das Boot wurde wohl auch für Ausflüge mit den Alten benutzt.

Als der Hafen von San Sebastian in Sicht kam, entschloss ich mich, weiter nach Los Cristianos auf Teneriffa zu fahren, weil ich dort mehr Möglichkeiten hätte.

Nach einiger Zeit hörte ich wieder das Summen einer Drohne. Entsetzt sah ich, dass sie ein Stück hinter und über mir schwebte und diese Position hielt. Nach dem ersten

Schreck kam ich zu der Erkenntnis, dass sie mir nicht gefährlich werden konnte, da sie für eine Bewaffnung nicht groß genug war. Die konnten also nur meine Fahrt beobachten, und das störte mich nicht weiter.

Doch dann sah ich an ihrer Unterseite ein rotes Licht aufleuchten. Von vorne unten hörte ich ein Klicken. Plötzlich explodierte das Boot mit einem gigantischen Knall, ich flog über Bord und verlor die Besinnung.

Als ich wieder erwachte, lag ich in einem Krankenhausbett auf Teneriffa und bekam stechende Schmerzen, sobald ich den Kopf etwas anhob. Ich hatte eine angelegte Infusion, eine Platzwunde an der Stirn, die genäht worden war, eine Gehirnerschütterung, jede Menge Prellungen, einen Dauerpiepton auf beiden Ohren und unzählige harmlose Schnittwunden. Außerdem musste ich eine Halsmanschette tragen, wegen einer Stauchung der Halswirbelsäule. Aber ich konnte froh sein, dass ich diese Explosion so gut überstanden hatte. Natürlich Dank der Rettungsweste und eines Fischkutters aus Los Cristianos, dessen Besatzung mich aus dem Wasser gezogen hatte.

Die Detonation musste durch dieses Infrarot-Signal der Drohne ausgelöst worden sein, die eine an Bord befindliche Selbstzerstörungsbombe gezündet hatte. Das Boot soll jedenfalls ungewöhnlich schnell gesunken sein.

Ich hatte eure phänomenale Lebensform ja mal für zukunftsweisend, friedlich und fast paradiesisch, aber technologisch weit zurückgeblieben gehalten, mich aber wohl in allen Punkten geirrt.

In den nächsten Tagen bekam ich häufig Besuch von der Polizei und Mitarbeitern des Deutschen Konsulats. Ich verriet nichts von El Hierro und der Homo herba-Stiftung, sondern blieb stur bei meiner ausgedachten Version, dass ich mir ein verwaistes kleines Elektroboot auf La Gomera ausgeliehen hatte, das dann unerklärlicherweise explodiert und gesunken sei. Bei den Meerestiefen zwischen den Inseln würde es niemals geborgen werden.

Wenn die bohrenden Fragen zu viel wurden, mich in die Ecke drängten und in Erklärungsnot brachten, konnte ich mich mit dem leidenden Hinweis auf unerträgliche Kopfschmerzen oder plötzliche Schwäche problemlos von den Beamten befreien.

Nach elf Tagen wurde ich aus dem Krankenhaus entlassen. Die Wundfäden war ich noch losgeworden, aber nicht die lästige Halskrause, die ich unbedingt noch eine Woche tragen sollte. Das Konsulat hatte mir einen Ersatzausweis ausgestellt und mir 500 Neuros geliehen. Die spanische Polizei war immer noch misstrauisch und entließ mich nur ungern. Den Diebstahl des Bootes würde sie weiter verfolgen, den Besitzer ausfindig machen und den Fall an die deutsche Justiz übergeben.

An diesem Montag bekam ich sogar noch einen Flieger nach Berlin und klingelte abends bei meiner Mutter, die bestimmt umgefallen wäre, wenn sie nicht im Rollstuhl gesessen hätte. Natürlich war sie froh, dass ich noch lebte und fragte, wie denn Iris reagiert habe. Sie war fassungslos, dass ich mich noch nicht bei meiner Freundin gemeldet hatte und es auch nicht so schnell vorhatte. Sie akzeptierte meine Gründe nicht und flehte mich ausdauernd an, doch gleich morgen bei ihr anzurufen.

Ich schlief auf der Couch bei meiner Mutter, und beim Frühstück setzte sie ihre Überredungsarbeit fort. Schließlich gab ich nach und benutzte ihr Handy. Bevor ich etwas sagen konnte, fragte Iris sofort nach Neuigkeiten. Als ich mich zu erkennen gab, folgte Funkstille, bis sie mit einem Freudenschrei meine Lebendigkeit begrüßte und sich voller Überraschung nach vielen Dingen erkundigte.

In der ersten Pause nach dieser Begeisterung fragte ich sie vorwurfsvoll, warum sie denn bloß schon nach drei Tagen von Teneriffa abgereist sei? Ob sie sich da bereits mit meinem Tod abgefunden habe?

Verständnislos erklärte sie mir, dass sie erst am Samstag abgeflogen sei, genau eine Woche nach meinem Verschwinden. Die Polizei habe ihr schon vorher keine Hoffnung mehr gemacht. So habe sie das schweren Herzens hinnehmen müssen. Wie ich denn auf so etwas komme?, wollte sie empört wissen.

Ich war geschockt. Kleinlaut berichtete ich ihr, dass man mir versichert habe, dass sie am Dienstagnachmittag unseren geplanten Rückflug genommen habe, mit meinem gesamten Gepäck.

Wir einigten uns darauf, uns so rasch wie möglich in unserer Wohnung zu treffen. Iris befand sich momentan bei ihren Eltern, um mit ihrer Trauer nicht alleine zu sein. Ich bekam einen trockenen Hals und fühlte mich mies. Von ihrer vorhergehenden Glückseligkeit war nichts mehr vorhanden.

Also auch die angebliche Abreise meiner Freundin war komplett gelogen. Ich gehe davon aus, dass nie jemand in unserem Hotel nachgefragt hatte. Der Doc hatte mir das aber so von Cyrus ausgerichtet. Das beweist, dass der Justiziar auf jeden Fall an diesem Komplott beteiligt war.

Besonders absurd und schmerzlich war, dass Iris noch ahnungslos auf Teneriffa weilte, als ich nach meinem zweiten Schiffbruch dort im Krankenhaus landete. Keiner wusste vom anderen. Sie hielt mich für tot, und ich war sauer auf sie.

Meine Mutter gab mir dann den Ersatzwohnungsschlüssel, den ich bei ihr deponiert hatte und ermahnte mich, sensibel mit Iris umzugehen und ihr mehr zu glauben als irgendwelchen Fremden.

Selbstverständlich freuten wir uns, wieder beieinander zu sein. Wir berichteten uns gegenseitig, was wir in diesen Tagen so erlebt hatten. Allerdings verschwieg ich alles über euch Pflanzenmenschen und diesen dubiosen Vertrag. Ich erzählte ihr die gleiche Geschichte wie der spanischen Polizei, nur das Ausleihen des Bootes verlegte ich nach El Hierro, von wo ich sonst wohl nie weggekommen wäre.

Für Iris war diese Woche zwischen Hoffen, Bangen und Trauer die schlimmste ihres Lebens. Die Polizei hatte sie nur die ersten drei Tage anständig behandelt. Nachdem sie dann mit einem Angestellten des Konsulats erschienen war und mit ihm mehr Einsatz gefordert hatte, wurde sie nur noch mit dem Hinweis unfreundlich abgefertigt, dass es bisher keine Meldung gäbe, aber niemand so lange im kalten Atlantik überleben könnte. Für alles, was sie erleiden musste, machte sie mich und meine Leichtsinnigkeit verantwortlich.

So kam es, dass wir uns immer öfter stritten, was früher eigentlich selten vorkam, weil Iris - ehrlicherweise - meistens mir zugestimmt hatte. Vermutlich gab ich mir auch nicht genug Mühe, aber sie war nun auch nicht mehr so nachgiebig. Unsere nur eine Woche dauernde Trennung und alles was damit zusammenhing, führte dazu, dass wir uns voneinander entfernten, obwohl wir wie-

der zusammen waren. Mehr als jemals zuvor, gingen wir verschiedene Wege, verbrachten unsere Freizeit ohne den Partner. Und wenn wir zu Hause waren, dauerte es nicht lange bis zu ersten Reibereien.

Nach einem Monat setzten wir uns auf Drängen von Iris zusammen und beschlossen - nach ungewohnt konstruktiver Diskussion - auseinanderzugehen. Ich behielt die Wohnung, sie zog wieder zu ihren Eltern. Und das schon zwei Tage später.

Meine Mutter gab mir natürlich die Schuld an unserer Trennung und wahrscheinlich war es auch so. Auf jeden Fall hatte ich Iris Unrecht getan und ihr nicht die ganze Wahrheit gesagt, und sie konnte absolut nichts für diese ganzen Ereignisse.

Aber es lag auch an dir, liebe Samira, dass ich nicht ernsthaft gegen unsere Entzweiung angekämpft habe. Denn ich musste ständig an dich denken, während Iris mir entglitt. Du bist mir sehr wichtig. Ich sehne mich nach dir und würde dich so gerne wiedersehen und in die Arme nehmen.

Allerdings kann ich dich nicht besuchen, ohne erneut mein Leben zu riskieren. Ich werde El Hierro garantiert nie wieder betreten. Doch vielleicht können wir uns auf La Gomera oder Teneriffa treffen. Ich könnte mir sogar vorstellen, dort zu leben. Ich kann schließlich überall arbeiten, wo ich leistungsfähiges Internet habe. Allerdings kommt mir in letzter Zeit immer öfter der Gedanke, mit etwas ganz Anderem, Sinnvollerem mein Geld zu verdienen.

Oder du kommst mich in Berlin besuchen und schaust dir für eine Weile meine Welt an, die nicht nur aus hektischer Großstadt bestehen muss.

Ich wünsche mir sehr, dass du auch an einem Wiedersehen interessiert bist. Ich vermisse dich jedenfalls und hoffe auf eine positive Antwort von dir, liebe Samira.

Dein Lukas

Viele Grüße an die anderen.

Da der Brief auf Deutsch ist, kannst du dir wohl denken, dass er von mir, von Nele ist. Dass ich dir schreibe, hat einen traurigen, immer noch schmerzhaften Grund: Unsere wunderbare Samira lebt nicht mehr. Sie starb bei unserem Sturm auf die von dir entdeckte Anlage. Und sie war nicht das einzige Todesopfer.

Ich weiß, diesen Schock musst du jetzt erst mal verkraften.

Samira hat uns deinen Brief lesen lassen, außer der letzten Seite. Deine Schilderung ab deiner Abfahrt vom Jugend-Haus konnten wir zuerst nicht glauben. Das mit dem Betäubungsgas, der Todesspritze, den Schüssen auf dich und den weiblichen Fallen war einfach unfassbar.

Erst nachdem wir uns vorsichtig von der Existenz dieses Luxus-Altenheims - das es gar nicht geben dürfte - überzeugt hatten, hielten wir hier eine große Versammlung ab. Wir waren alle wütend, dass man dich töten wollte und sich eine gewisse Oberschicht unserem geplanten Lebensende im Ahnenwald verweigerte. Unsere viel gepriesene Offenheit und Gleichheit gab es also so überhaupt nicht. Wir hatten, ohne es zu ahnen, in einer Diktatur gelebt und sie für eine besondere Demokratie gehalten.

Das wollten wir nicht ohne Widerstand hin-

nehmen. Wir beschlossen fast einstimmig, dass unser Dorf gegen diese Lüge und Ungerechtigkeit ankämpfen und alle Missstände aufdecken und beseitigen wollte. Wir wählten den Doc zum Anführer, meinen Vater zum Stellvertreter. Es wurden Arbeitsgruppen gebildet, um in Valverde, dieser Anlage und bei der Homo herba-Stiftung unauffällig zu recherchieren.

Im Zuge dieser Ermittlungen zeigte sich der weitverzweigte Korruptionssumpf einer reichen Clique in Valverde: Illegaler Handel mit heimlich im Institut hergestellten Medikamenten, die die Verholzung und Umwandlung ab 80 Jahren verhinderten. Eine der Öffentlichkeit verborgene Organisationsstruktur, an deren Spitze die beiden greisen Austin-Kinder standen, von denen die Bevölkerung angenommen hatte, dass sie sich schon lange im Ahnenwald befanden.

Wir wussten natürlich nicht, wer alles mit denen verstrickt war, wem wir noch trauen konnten. Zur Sicherheit verließen wir uns am Anfang nur auf wenig Außenstehende. Und auch nur, wenn sich jemand von uns für sie verbürgte. Trotzdem wurden wir immer mehr, bekamen Gefolgsleute aus anderen Dörfern und sogar aus der Hauptstadt.

Schließlich setzten wir unseren abgesprochenen Einsatzplan in die Tat um: Wir nahmen zeitgleich die Vorsitzende der Stiftung, die schuldigen Mediziner, Pharmakologen, leitenden Angestellten und Banker in Gewahrsam. Auch die Fallen, die dir am Abreisetag schaden wollten. Cyrus setzte sich rechtzeitig mit der Drohne ins Ausland ab. Der Sicherheitschef der Fallen floh mit einem Boot. Die Hauptverantwortlichen Shirley Austin und ihr Bruder Anthony entzogen sich der Öffentlichkeit und einer Verurteilung, indem sie ein schnell wirkendes Gift schluckten.

Bei der Anlage ließen sie uns nicht hinein. Deshalb entschieden wir uns nach heftigen Diskussionen für einen Angriff vom Meer her mit vier Booten. Marcel sprang voller Tatendrang als erster von Bord und rannte auf das Gelände. Eine Falle eröffnete sofort das Feuer und traf ihn in den Bauch.

Wir waren nur mit Knüppeln, Gartengeräten und Zwillen mit Kieseln bewaffnet. Das war natürlich sehr leichtsinnig von uns. Wir wussten ja aus deinem Bericht, dass die Gewehre mit Zielfernrohre hatten.

Samira und Joe eilten zu Marcel, um ihn aus dem Schussfeld zu ziehen. Dabei wurden beide tödlich getroffen. Viele Fallen schossen nun auf uns, auch weibliche. Wir verloren jegliche Hemmungen und wehrten uns mit unseren primitiven Waffen. So konnten tatsächlich zwei Schützen überwältigt und ihre Gewehre übernommen werden. Mit so einem mutigen Ansturm hatten die Fallen nicht gerechnet. Sie zogen sich immer weiter nach oben zum Haus zurück, aber weiterhin auf uns schießend. Wir konnten zwei von ihnen mit den erbeuteten Gewehren ausschalten. Der Rest floh dann mit dem gesamten Fuhrpark vom Gelände. Als wir oben ankamen, stand das große Tor weit auf. Aus allen Fenstern wurden wir von diesen Alten begafft.

Unser Angriff kostete fünf von uns das Leben, davon drei aus unserem Dorf. Es gab zahlreiche Verletzte. Aber wir hatten gesiegt und die Fallen in die Flucht geschlagen. Sie hatten sich wohl in ein aufgegebenes Bergdorf zurückgezogen.

Drei Tage später stand dieser gesamte Fuhrpark ordentlich nebeneinander im Hafen von Valverde am Kai. Dafür fehlte ein Frachtschiff, das hier festgemacht war.

Wir sahen bis jetzt jedenfalls niemanden mehr mit Venusfliegenfallen. Allerdings sind wir bei jedem unbekannten Glatzkopf misstrauisch.

Mit Entsetzen reagierten wir auf die glaubwürdigen Aussagen der Alten, dass bei den Geflüchteten auch eine schwangere Falle gewesen sein sollte. Obwohl sie ja stets als nicht fortpflanzungsfähig galten. Das beschleunigte noch die Auflösung und Zerstörung der Abteilung, in der sie hergestellt wurden.

Die Bewohner dieser Altersresidenz bleiben vorerst dort. Die besonders Reichen mussten aber auf etwas Luxus verzichten und sich nur noch mit einem Zimmer begnügen. So gab es

Platz für die Verhafteten, die dort unter Hausarrest stehen. Die Anlage kann man ja leicht überwachen, wenn man den Schwachpunkt kennt. Und das tun wir.

Die Herstellung dieser bestimmten Medikamente wurde sofort eingestellt und sämtliche Vorräte vernichtet. Unsere Experten gehen davon aus, dass die Alten bald wieder in den Verholzungsprozess kommen werden. So landen sie dann nach und nach doch im Ahnenwald, wenn sie nicht vorher hier sterben. Diese Anlage wird irgendwann für andere, bessere Zwecke genutzt werden können.

Dass ausgerechnet die Kinder des von allen verehrten Dr. Austin seine Ideale und sein Lebenswerk so schändlich verraten haben, war für uns unvorstellbar. Meine Großmutter schimpfte eine ganze Weile über sie, die sie als Kind mal beneidet hatte.

So langsam kommen wir nun zur Ruhe. Wir reden nicht mehr jeden Tag über diese Schrecken. Aber unsere Verluste werden noch sehr lange wehtun.

Deshalb kann ich auch nachempfinden, wie es dir jetzt und in der nächsten Zeit gehen wird.

Ich soll dich natürlich von vielen grüßen und dir ausrichten, dass du uns jederzeit besuchen kannst. Jetzt gefahrlos.

Obwohl wir einen sehr hohen Preis dafür zahlen mussten, sind wir dir dankbar dafür, dass du diese hinterlistigen und kriminellen Machenschaften aufgedeckt hast.

Vielleicht sehen wir uns ja mal wieder. Bis dahin tschüss und alles Gute.

Nele

Liebe Leserinnen und Leser.

Wenn Ihnen mein Buch gefallen hat, würde ich mich sehr freuen, wenn Sie es beurteilen oder eine kleine Rezension schreiben würden.

Vielen Dank im Voraus

Hermann Lühr

Weitere Informationen auf der Amazon-Autorenseite.
Oder ausführlicher und mit Kontaktmöglichkeit auf meiner Webseite:
hermannluehr.jimdofree.com

Buchveröffentlichungen, alle auch als E-Book
erhältlich:

Die Kristallpyramide

Wer erbaute die Pyramiden in Gizeh?
Und warum?
Dieser Roman gibt die faszinierende Antwort
darauf und ist wie eine Zeitreise ins alte
Ägypten.
Die Spur führt von einer geheimnisvollen
Anlage im Harz und einer von dort mitge-
nommenen Kristallpyramide bis zu sensatio-
nellen Bildern aus dem Pyramidenzeitalter
Ägyptens.

Verschollene Welten

Der Roman handelt von unerklärlichen
Funden, die absolut nicht in das herkömmliche
Bild der Menschheitsgeschichte passen.
Wie kamen moderne Gegenstände in eine ver-
schlossene Höhle, die dort 1947 entdeckt wur-
den?
Und von wem stammen diese fremdartigen
Wandinschriften?
60 Jahre später will Robert Wagner diese
Rätsel lösen.

AllerGen

Werden Blüten zur Bedrohung und Bäume
unsere Feinde?
Überall kommt es zu schlagartigen Pollenab-
würfen bei bestimmten Bäumen, die zu Todes-
fällen führen.
Holger Grimm vom Umweltministerium und
Anja Blass vom Gesundheitsministerium werden mit der Aufklärung dieser rätselhaften,
gefährlichen Pollenschauer beauftragt.

Der Senex-Mann

Was für ein Geheimnis hat dieser weißhaarige
Mann?
Bodo Schenk hilft ihm, denn schließlich ist er
schuld daran, dass dieser zwielichtige Labor-
leiter auf dessen außergewöhnliche Blutwerte
aufmerksam wurde und sie deshalb verfolgen
lässt.
Ihre Flucht führt sie bis nach Rügen und in die
Vergangenheit.

Sein Blut

Sara Buhl leidet unter Angstzuständen und merkwürdigen Albträumen und ist deshalb bei einem Psychiater in Behandlung. Der findet heraus, dass sie sich in ihren Träumen 2.000 Jahre zurück befindet und erfährt Unglaubliches.
Doch auch ein skrupelloser Russe ist auf Saras besondere Fähigkeiten aufmerksam geworden und verfolgt finstere Pläne.

Die Wasserwesen

Ruth Naumann ist Meeresbiologin. Deshalb bittet ihre Freundin sie um ihre Meinung über die Aufzeichnungen ihres verstorbenen Vaters, der als Seemann auf allen Meeren unterwegs war.
Diese unglaublichen Berichte handeln von menschenartigen Wesen mit Schwimmhäuten an Händen und Füßen.
Als Wissenschaftlerin kann Ruth nicht an die Existenz solcher Wasserwesen glauben, bis sie einige Zeit später an Bord eines Forschungsschiffes auf einen Funkspruch reagieren muss, der sie sofort wieder daran erinnert.